Edmond Jaloux

L'Escalier d'Or

en gros caractères

Edmond Jaloux

L'Escalier d'Or

en gros caractères

Reproduction de l'original.

1ère édition 2023 | ISBN: 978-3-36833-647-9

Verlag (Éditeur): Outlook Verlag GmbH, Zeilweg 44, 60439 Frankfurt, Deutschland
Vertretungsberechtigt (Représentant autorisé): E. Roepke, Zeilweg 44, 60439 Frankfurt, Deutschland
Druck (Imprimerie): Books on Demand GmbH, In de Tarpen 42, 22848 Norderstedt, Deutschland

L'ESCALIER D'OR.

Auteur
Edmond Jaloux

–

A Camille Mauclair_

Acceptez la dédicace de ce petit ouvrage, non seulement comme un gage de mon admiration pour l'artiste et le critique à qui nous devons tant de belles pages, mais aussi de mon affection pour l'ami qui m'accueillait, avec tant de cordiale sympathie, il y a plus de vingt ans, à Marseille, quand je n'étais encore qu'un tout jeune homme inconnu passionnément épris de littérature. Vous souvenez-vous de ce petit salon du boulevard des Dames, tout tendu d'étoffes rouges et par la fenêtre duquel, en se penchant, on voyait défiler vers la gare tant d'Orientaux fantastiques qui montaient du port? Que d'ardentes conversations n'avons-nous pas tenues dans cette pièce intime et fleurie à laquelle je ne peux songer sans un plaisir ému! Vous souvenez-vous aussi de ce petit jardin de Saint-Loup, tout en terrasses, où nous allions admirer les ors et les brumes d'un incomparable automne? Vous me parliez des grands poètes dont vous étiez l'ami, de Stéphane Mallarmé et d'Élémir Bourges, dont je rêvais d'approcher un jour. Aussi ai-je voulu, en souvenir de ces temps lointains, vous offrir ce portrait d'un de leurs frères obscurs, d'un de ceux qui n'ont pas eu le bonheur, comme eux, de donner une forme au monde qu'ils portaient dans leur coeur et dans leur esprit. Puissiez-vous accorder à mon héros un peu de la généreuse amitié que vous m'avez accordée alors et dont je vous serai toujours reconnaissant!

_E.J._

CHAPITRE PREMIER
Dans lequel le lecteur sera admis à faire la connaissance des deux personnages les plus épisodiques de ce roman.

"La différence de peuple à peuple n'est pas moins forte d'homme à homme."
Rivarol.

J'ai toujours été curieux. La curiosité est, depuis mon plus jeune âge, la passion dominante de ma vie. Je l'avoue ici, parce qu'il me faut bien expliquer comment j'ai été mêlé aux événements dont j'ai résolu de faire le récit; mais je l'avoue sans honte, ni complaisance. Je ne peux voir dans ce trait essentiel de mon caractère ni un travers, ni une qualité, et les moralistes perdraient leur temps avec moi, soit qu'ils eussent l'intention de me blâmer, soit de me donner en exemple à autrui.

Je dois ajouter cependant, par égard pour certains esprits scrupuleux, que cette curiosité est absolument désintéressée. Mes amis goûtent mon silence, et ce que je sais ne court pas les routes. Elle n'a pas non plus ce caractère douteux ou équivoque qu'elle prend volontiers chez eux qui la pratiquent exclusivement. Aucune malveillance, aucune bassesse d'esprit ne se mêlent à elle. Je crois qu'elle provient uniquement du goût que j'ai pour la vie humaine. Une sorte de sympathie irrésistible n'a toujours entraîné vers tous ceux que le hasard des circonstances me faisait rencontrer. Chez la plupart des êtres, cette sympathie repose sur des affinités intellectuelles ou morales, des parentés de goût ou de nature. Pour moi, rien de tout cela ne compte. Je me plais avec les gens que je rencontre parce qu'ils sont là, en face de moi, eux-mêmes et personne d'autre, et que ce qui me paraît alors le plus passionnant, c'est justement ce qu'ils possèdent d'essentiel, d'unique, a forme spéciale de leur esprit, de leur caractère et de leur destinée.

Au fond, c'est pour moi un véritable plaisir que de m'introduire dans la vie d'autrui. Je le fais spontanément et sans le vouloir. Il me serait agréable d'aider de mon expérience ou de mon appui ces inconnus qui deviennent si vite mes amis, de travailler à leur bonheur. J'oublie mes soucis, mes chagrins, je partage leurs joies, leurs peines, je les aime en un mot, et je vis ainsi mille vies, toutes plus belles, plus variées, plus émouvantes les unes que les autres!

Cette étrange passion m'a donné de curieuses relations, des amitiés précieuses et bizarres, et j'aurais un fort gros volume à écrire si je voulais en faire un récit complet; mais mon ambition ne s'élève pas si haut: il me suffira de relater ici aussi rapidement que possible ce que j'ai appris des moeurs et du caractère de M. Valère Bouldouyr, afin d'aider les chroniqueurs, si jamais il s'en trouve un qui, à l'exemple de Paul de Musset ou de Charles Monselet, veuille tracer une galerie de portraits d'après les excentriques de notre temps.

A l'époque où je fis sa connaissance, je venais de quitter l'appartement que j'habitais dans l'île Saint-Louis pour me fixer au Palais-Royal.

Ce quartier me plaisait parce qu'il a à la fois d'isolé et de populaire. Les maisons qui encadrent le jardin ont belle apparence, avec leurs façades régulières, leurs pilastres, et ce balcon qui court sur trois côtés, exhaussant, à intervalles égaux, un vase noirci par le temps; mais tout autour, ce ne sont encore que rues étroites et tournantes, places provinciales, passages vitrés aux boutiques vieillottes, recoins bizarres, boutiques inattendues. Les gens du quartier semblent y vivre, comme ils le feraient à Castres ou à Langres, sans rien savoir de l'énorme vie qui grouille à deux pas d'eux, et à laquelle ils ne s'intéressent guère. Ils ont tous, plus ou moins, des choses de ce monde la même opinion que mon coiffeur, M. Delavigne, qui, un matin où un ministre de la Guerre, alors fameux, fut tué en assistant à un départ d'aéroplanes, se pencha vers moi et me dit, tout ému, tandis qu'il me barbouillait le menton de mousse:

--Quand on pense, monsieur, que cela aurait pu arriver à quelqu'un du quartier!

Delavigne fut le premier d'ailleurs à me faire apprécier les charmes du mien. Il tenait boutique dans un de ces passages que j'ai cités tantôt et que beaucoup de Parisiens ne connaissent même pas. Sa devanture attirait les regards par une grande assemblée de ces têtes de cire au visage si inexpressif qu'on peut les coiffer de n'importe quelle perruque sans modifier en rien leur physionomie.

Quand on entrait dans le magasin, il était généralement vide; M. Delavigne se souciait peu d'attendre des heures entières des chalands incertains. Lorsqu'il sortait, il ne fermait même pas sa porte, tant il avait confiance dans l'honnêteté de ses voisins. D'ailleurs, qu'eût-on volé à M. Delavigne?

Trois pièces, qui se suivaient et qui étaient fort exiguës, composaient tout son domaine. La première contenait les lavabos; la seconde, des armoires où j'appris plus tard qu'il enfermait ses postiches; pour la troisième, je n'ai jamais su à quoi elle pouvait servir.

Trouvait-on M. Delavigne? Il vous recevait avec un sourire suave et vous priait de l'attendre, car il était en général fort occupé à de copieux bavardages. De curieuses personnes causaient avec lui dans l'arrière-boutique, quelquefois, de bonnes gens qui venaient chercher perruque, mais aussi des marchandes à la toilette, des courtières du Mont-de-Piété, de vieux beaux encore solennels. J'ai souvent soupçonné M. Delavigne de faire un peu tous les métiers; mais je dois avouer que je n'ai rien surpris de suspect dans ses actes, et je crois qu'il avait seulement l'amour immodéré des dominos, passion à laquelle il se livrait dans un café voisin, qui s'appelait et s'appelle encore: _A la Promenade de Vénus._ Je n'ais jamais pu passer devant cet endroit sans imaginer que j'allais débarquer à Paphos ou à Amathonte.

--Monsieur, me disait souvent M. Delavigne avec mélancolie, il n'y a vraiment qu'un emploi pour lequel je ne me sente aucune disposition: c'est celui que j'exerce! Rien ne m'ennuie plus que de faire un "complet", ou même une barbe, et à la seule idée d'un shampoing, sauf votre respect, le coeur me lève de dégoût!

--Aviez-vous une autre vocation, monsieur Delavigne?

--Aucune, monsieur Salerne, mais j'aimerais assez être souffleur à la Comédie-Française, ou, sauf votre respect, greffier du tribunal. Je crois que, dans ce métier-là, on a un costume étonnant, avec de l'hermine qui pend quelque part. Il me plairait aussi beaucoup d'être poète comme cet écrivain dont je porte le nom, paraît-il, et qui était peut-être un de mes ancêtres...

--Poète, monsieur Delavigne? Peste! Vous voici bien ambitieux!

--Monsieur Salerne croit-il que je suis insensible? Non, non, on peut être coiffeur et avoir ses déceptions, ses désillusions, tout comme un autre. Nous habitons un monde, monsieur, où le coeur n'a pas sa récompense!

On le voit, je prenais plaisir aux propos de M. Delavigne. Sous cette fleur de bonne compagnie, qui leur donnait tant de charme, je retrouvais un type en quelque sorte national, sentencieux, aimant à moraliser, vaniteux, au moment même qu'il méprisait le plus son caractère et son état; avec cela, sentimental et toujours déçu par quelque chose. Deux ou trois journaux traînaient dans sa boutique, dont j'ai su depuis qu'il ne lisait que les renseignements mondains.

--Monsieur Salerne, me disait-il, voyez-vous, ce que j'aurais aimé dans la vie, moi, c'est la société des gens du monde. Je n'étais pas né pour remplir un rôle social aussi infime.

Et il répétait comme un morceau poétique, comme le refrain d'une romance, un écho recueilli dans _le Gaulois_ ou dans _Excelsior:_ "Grand bal hier donné chez la princesse Lannes..."
Ses distractions étaient honnêtes il se plaisait à passer la soirée au cinéma ou au café-concert. Et souvent, en me faisant la barbe, me chantait-il quelque couplet tendre ou galant, d'une voix juste, mais un peu chevrotante. Le printemps venu, chaque dimanche, il courait la banlieue, sans doute avec d'aimables personnes, dont il n'osait pas me parler autrement que par des allusions mystérieuses; et le lundi, je voyais sa boutique toute fleurie de ces grandes

branches de lilas, que la poussière et les cahots du chemin de fer ont fripées et qui pendent.

--J'ai la superstition du lilas, me confiait-il alors, celle du muguet aussi. Quand j'en cueille, - et je sais ce que les désillusions ont de plus amer, monsieur, - eh bien! je ne peux pas croire que l'amour ne finira pas par me rendre heureux! J'ai un ami à _La Promenade de Vénus,_ qui me raille quand je parle ainsi, mais est-ce un mal que de garder sa pointe d'illusion? Je peux vous avouer cela, n'est-ce pas? Monsieur, car je vous connais bien, malgré votre réserve, vous êtes un délicat comme moi!

Avouez-le, comment n'eussé-je pas été flatté par une telle appréciation?

Le jour même où elle me fut faite, je rencontrai pour la première fois M. Valère Bouldouyr.

CHAPITRE II.
Portrait d'un homme inactuel.

"La méditation a perdu toute sa dignité de forme; on a tourné en ridicule le cérémonial et l'attitude solennelle de celui qui réfléchit, et l'on ne tolérerait plus un homme sage du vieux style.
Nietzsche.

J'étais, en effet, assis dans la boutique de M. Delavigne, ligoté comme un prisonnier par les noeuds d'une serviette si humide qu'elle risquait fort de me donner des rhumatismes, et mon geôlier jouait à faire pousser sur mes joues une mousse de plus en plus légère, quand la sonnette de l'établissement, qui avait, je ne sais pourquoi, un timbre rustique, tinta doucement. Mon regard plongeait dans la glace qui faisait face à la porte. Je vis entrer un personnage qui me parut curieux, au premier abord, sans que je comprisse exactement pourquoi.

Il était corpulent, de taille moyenne, d'aspect un peu lourd. Son front bombé, ses petits yeux vifs, se joues rondes et creusées d'une fossette, son nez pointu aux narines vibrantes, une lèvre rasée, un collier de barbe qui grisonnait, me rappelèrent très vite un visage bien connu; mais il y avait dans ses traits quelque chose d'amollli, de lâche, de détendu. L'inconnu ressemblait certainement à Stendhal, mais à un Stendhal en décalcomanie. Il portait un vieux feutre sans fraîcheur et un gros pardessus bourru, de couleur marron, qui laissait voir un col mou et une cravate usée, mais dont les couleurs autrefois vives révélaient d'anciennes prétentions. Il s'assit dans un coin, après avoir échangé avec M. Delavigne un salut cordial. Au bout d'un moment, le voyant désoeuvré, le coiffeur lui offrit un journal.

Mais le client refusa majestueusement cette proposition:

--Vous savez bien, dit-il, que je ne lis jamais de journaux, jamais! Pourquoi faire? Je n'ignore pas grand'chose des turpitudes qui peuvent se passer dans ce bas-monde. En quoi pourraient-elles m'intéresser?... Vous, monsieur Delavigne, voulez-vous me dire ce qui vous intéresse dans un journal?

--Mais les crimes, par exemple, dit M. Delavigne, décontenancé.

--Les crimes? Ils sont déjà tous dans la Bible! Ils ne varient que par le nom de la localité où ils ont été commis.

--La politique...

--La politique? Parlez-vous sérieusement, monsieur Delavigne? La politique? Vous tenez sincèrement à savoir par quel procédé vous serez tracassé, volé, martyrisé et réduit en esclavage? Moi, ça m'est égal! Les moutons ne seront jamais tondus que par les bergers. Maintenant, si vous préférez un berger qui porte un nom de famille à un berger qui porte un numéro, c'est votre affaire. Une affaire purement personnelle, monsieur Delavigne, ne l'oublions pas!

--Enfin, j'aime à savoir ce qui se passe!

--Moi aussi! Ou plutôt, j'aimerais à savoir ce qui se passe, s'il se passait quelque chose. Mais il ne se passe rien, vous entendez bien, rien!

Il s'enfonça de nouveau dans sa méditation, et M. Delavigne me fit plusieurs petits signes du coin de l'oeil, pour me signaler qu'il avait affaire à un original, un fameux original! Je m'en apercevais, parbleu! Bien.

Je clignai de la paupière à mon tour, afin d'engager M. Delavigne à reprendre sa conversation avec le faux Stendhal.

Après quelques instants de silence, le coiffeur débuta ainsi:

--Si vous ne vous intéressez pas aux journaux, ni aux crimes, ni à la politique, monsieur Bouldouyr, à quoi donc vous intéressez-vous?

Bouldouyr ne répondit pas tout de suite. Il nous regardait alternativement, le coiffeur et moi. Puis un sourire de mépris doucement apitoyé erra sur ses lèvres gourmandes.

--Vous, monsieur Delavigne, vous aimez à jouer aux dominos à _La Promenade de Vénus,_ vous ne dédaignez pas le cinéma et vous nourrissez, chaque printemps, une passion nouvelle pour quelque aimable nymphe du quartier. Si j'avais n'importe lequel de ces goûts charmants, vous pourriez apprécier ce qui m'intéresse, mais la vérité me force à confesser que tout cela m'est souverainement indifférent. Presque tout d'ailleurs m'est indifférent, et ce qui me passionne, moi, n'a de signification pour personne.

--J'ai connu un philatéliste qui raisonnait à peu près comme vous.

13

--Un philatéliste! S'écria M. Bouldouyr, qui devint soudain rouge de colère, je vous prie, n'est-ce pas, de ne pas me confondre avec un imbécile de cette sorte! Un philatéliste! Pourquoi pas un conchyliologue, puisque vous y êtes?

--Je vous demande pardon, monsieur, je ne croyais pas vous fâcher...

--C'est bon, c'est bon, dit M. Bouldouyr, en se levant. Je vais prendre l'air, je reviendrai tantôt.

Et il sortit en faisant claquer la porte.

--Il est un petit peu piqué, dit M. Delavigne, en souriant. Mais ce n'est pas un méchant homme. Il s'appelle Valère Bouldouyr. Un drôle de nom, n'est ce pas? Et puis, vous savez quand il dit que rien ne l'intéresse, il se moque de nous. Il se promène souvent au Palais-Royal avec une jeunesse, qui a l'air joliment agréable. Et vous savez, ajouta indiscrètement M. Delavigne, en se penchant vers mon oreille, il est plus vieux qu'il n'en a l'air. C'est moi qui lui ai fourni son postiche et la lotion avec laquelle il noircit à demi sa barbe, qui est toute blanche...

Ces détails me gênèrent un peu. Je demandai à m. Delavigne à quoi M. Bouldouyr était occupé.

--A rien, c'est un ancien employé du ministère de la Marine. Maintenant il est à la retraite.

14

Je quittai la boutique de M. Delavigne. Je croisai M. Bouldouyr, qui s'acheminait de nouveau vers elle. Il marchait lourdement, et il me parut voûté, mais peut-être était-ce l'influence du coiffeur qui me le faisait voir ainsi.

Je gagnai le Palais-Royal et je traversai le jardin. C'était un jour de printemps. Le paulownia noir et tordu portait comme un madrépore ses fleurs vivantes et qui durent si peu. Un gros pigeon gris reposait sur la tête de l'éphèbe qui joue de la flûte. Camille Desmoulins, vêtu de sa redingote de bronze, commençait la Révolution en s'attaquant d'abord aux chaises.

En regardant machinalement ces choses habituelles, je songeais à Valère Bouldouyr. Son nom ne m'était pas inconnu, mais où l'avais-je entendu déjà?

J'eus soudain un souvenir précis, et, montant chez moi je fouillai dans une vieille armoire, pleine de livres oubliés; j'en tirai bientôt deux minces plaquettes: l'une s'appelait _l'Embarquement pour Thulé,_ l'autre, _le Jardin des Cent Iris._ Toutes deux, signées Valère Bouldouyr. La première avait paru en 1887, la seconde en 1890. Il était évident qu'après cette double promesse M. Bouldouyr avait renoncé aux Muses.

J'ouvris un de ces livrets poussiéreux. Je lus au hasard, ces quelques vers:

_Sous un ciel qui se meurt comme l'oiseau Phénix
La barque d'or éveille un chagrin de vitrail,
Sur l'eau noire qui glisse et qui coule à son Styx,
Et Watteau, tout argent, se tient au gouvernail!_

Plus loin, je lis ceci:

_Rien, Madame, si ce n'est l'ombre
D'un masque de roses tombé,
Ne saurait rendre un coeur plus sombre
Que ce ciel par vous dérobé!_

Je souris avec mélancolie. Quelque chose de charmant, la jeunesse d'un poète, s'était donc jouée jadis autour de ce vieil homme à perruque! Qu'en restait-il aujourd'hui chez ce roquentin coléreux, qui s'offusquait des railleries de son coiffeur? Hélas! Je le voyais bien, M. Bouldouyr n'avait pas eu cette force dans l'expression qui permet seule aux poètes de durer, ni ce pouvoir de mûrir sa pensée, qui transforme un jour en écrivain le délicieux joueur de flûte, qui accordait son instrument aux oiseaux du matin. Midi était venu, puis le soir. Et j'étais sans doute aujourd'hui le seul lecteur qui cherchât à deviner une pensée confuse dans les rythmes incertains de _l'Embarquement pour Thulé!_

Pauvre Valère Bouldouyr! J'avais bien voulu savoir ce qu'il pensait lui-même aujourd'hui de sa grandeur passée et de sa décadence actuelle. Mais il était peu probable que je dusse le rencontrer jamais, sinon peut-être de loin en loin dans l'antre bizarre de M. Delavigne, et cela n'était pas suffisant pour créer une intimité entre nous.

CHAPITRE III.
Où l'on passe rapidement de ce qui est a ce qui n'est pas.

"La vie et les rêves sont les feuillets d'un livre unique."
Schopenhauer.

L'image de Valère Bouldouyr avait frappé mon esprit plus profondément sans doute que je ne l'avais supposé tout d'abord, car, pendant la nuit, elle revint à diverses reprises traverser mes songes.

Tantôt, couché sur une berge, je regardais une barque descendre la rivière; elle contenait une grande quantité de perruques et de têtes de cire. L'homme qui se tenait au gouvernail s'enroulait gracieusement dans une cape bleu de ciel et portait coquettement un tricorne noir. En passant devant moi, il s'inclinait profondément, et je reconnaissais alors Valère Bouldouyr, mais un Bouldouyr centenaire et dont une barbe d'argent tombait sur la poitrine.

Tantôt, au contraire, il me paraissait toute jeune, et il me faisait signe de monter avec lui, dans une voiture qui traversait la rue de Rivoli. Mais, à peine étais-je assis à son côté que le misérable cheval qui traînait le fiacre grandissait soudain, il se mettait à galoper furieusement en frappant le pavé de ses larges sabots, qui me paraissaient larges, mous et palmés comme les pattes d'un canard. Puis deux ailes de chauve-souris jaillirent de ses flancs couleur de nuée, et s'élevant au-dessus du sol, la bête apocalyptique commença de nous entraîner à travers les branches extrêmes d'une forêt.

--Où me menez-vous? Criai-je, épouvanté, à Bouldouyr.

Mais mon compagnon ricanait dans sa barbe et répétait tout bas:

_Rien, Madame, si ce n'est l'ombre
D'un masque de roses tombé..._

Je reçus aussitôt après un choc terrible, la voiture, heurtant un tronc d'arbre, vola en éclats, et je me retrouvai dans mon lit, inondé de sueur.

--Diable de Bouldouyr! Pensai-je. Qui m'aurait dit que son innocente présence pût contenir tant de cauchemars?

Le jour suivant, j'aurais peut-être songé à m'étonner de la survivance anormale de ce souvenir, mais j'en fus distrait par le rendez-vous que j'avais donné à Victor Agniel.

A midi précis, il m'attendait dans un restaurant que je lui avais indiqué. C'était un de ces gargotes, situées en contrebas de la rue de Montpensier, dans lesquelles on descend par cinq ou six marches et qui sont grandes comme un billard. Celle-ci n'avait guère que deux ou trois clients, que l'on retrouvait à toute heure et qui semblaient étrangement inoccupés. Nous échangions, quand j'entrais, des salutations amicales, mais nous ne savions guère que nos noms:

--Bonjour, monsieur Cassignol; bonjour, monsieur Fendre...

--Bonjour, bonjour, monsieur Salerne!

La patronne de l'établissement venait me serrer la main; pour moi, elle soignait spécialement sa cuisine de vieille Bourguignonne, habituée aux repas lentement mijotés et aux savantes sauces. Bref, cette manière de cave était un des rares endroits du monde où l'on prît en considération ma chétive personnalité.

--Mon cher parrain, me dit Victor Agniel, en dépliant sa serviette, je suis content de moi. Aujourd'hui, j'ai eu le sentiment que j'étais vraiment plus raisonnable que jamais!

Victor Agniel n'est pas mon filleul, car je n'ai pas beaucoup plus d'années que lui, - une quinzaine, à peine, - mais nos deux familles étant liées depuis bien longtemps et son vrai parrain, en voyage au moment de sa naissance, ce fut moi qui

19

le remplaçai et qui tins sur les fonts baptismaux ce grand garçon robuste, qui mange en ce moment de si bel appétit.

--Eh bien, lui dis-je, qu'as-tu fait de si raisonnable?

--Vous vous rappelez, me confia-t-il, que je vous ai entretenu de mes perplexités au sujet de Mlle Dufraise; elle est jolie, elle me plaît, je lui plais, ses parents me voient d'un bon oeil, et ils ne sont pas sans posséder un petit avoir. Tout était donc pour le mieux. Mais, l'autre soir, nous étions ensemble à Saint-Cloud, dans une villa qui appartient à un de ses oncles. Je ne sais ce qui lui a pris, peut-être le clair de lune lui a-t-il tourné la tête. Quoi qu'il en soit, elle m'a tenu sur le mariage, sur l'amour, les propos les plus absurdes. Elle m'a dit qu'elle avait un grand besoin de tendresse, qu'elle se sentait seule dans la vie et que personne ne lui était aussi sympathique que moi, mais qu'elle me priait de lui parler comme un véritable amoureux et de ne pas l'entretenir tout le temps des affaires de l'étude et de mes projets d'avenir.

--Trouves-tu à redire à cela?

--Mon cher parrain, s'écria Victor Agniel, très excité, regardez-moi! Ai-je l'air d'un Don Juan, d'un officier de gendarmerie ou d'un cabotin? Je suis un modeste clerc de notaire, employé dans l'étude de maître Racuir, jusqu'au moment où la mort de mon oncle Planavergne me permettra d'en acheter une à mon tour et de m'installer en province, avec ma femme et mes enfants. Je n'ai nullement l'intention, en me mariant, d'accomplir un acte romanesque, de rouler des yeux blancs et de parler comme une devise de marron glacé. Je suis un homme sensé, moi. Je déteste les grands mots, les grands gestes, les billevesées, je n'ai pas de vague à l'âme, je ne sais même pas si j'ai une âme et je n'en ai cure. Mon but, ma vocation dans la vie, sont de passer un bel acte de vente, de faire un testament bien régulier; je n'entends pas avoir à l'oreille la serinette d'une femme qui rêve, qui a des vapeurs ou qui veut qu'on lui parle d'amour... Ce matin, mon bon Pierre, j'ai écrit une longue lettre à Mlle Dufraise et je lui ai dit qu'il n'y avait pas lieu de donner suite à notre affaire. C'est pourquoi je suis si fier de moi. Car enfin, je peux bien vous l'avouer: personne ne m'a plu autant qu'elle.

--Eh! lui dis-je, voila, ma foi, qui est joliment raisonné!

--Le seul inconvénient de la chose, c'est qu'il me faudra me pourvoir ailleurs, car je suis de plus en plus décidé à me marier vite. La sotte vie que celle d'un célibataire! Mais connaissez-vous rien de plus ridicule que de chercher une jeune fille, de lui dire des fadeurs et de lui faire sa cour, tout cela pour finir bonnement par l'épouser? Que j'ai de hâte que ces simagrées soient finies, que mon oncle Planavergne soit mort et que je sois installé, en province, avec ma femme et mes trois enfants!

--J'aime ta précision, lui dis-je.

--Oui, j'aurai trois enfants. Moins ou davantage, ce n'est pas raisonnable. Par exemple, je ne sais pas comment les appeler. Tous les noms ont quelque chose ridiculement romanesque, de poétique, qui m'exaspère. Voyez-vous une fille qui s'appellerait Virginie, ou Juliette, ou Marguerite?

--Tu choisiras des prénoms simples: Marie, par exemple.

--C'est bien clérical!

--Allons, lui dis-je, tu as le temps de faire ton choix!

Nous nous attardions dans le restaurant minuscule, chauffant dans notre main un verre de fine-champagne. M. Cassignol était déjà parti et déjà revenu. Un geai apprivoisé, moqueur et malin, sautait de table en table, en appelant la patronne: "Sophie! Sophie!"

--Sophie! Murmura Victor. Voilà qui n'est pas si mal! Mon aînée se nommera Sophie. Ce n'est pas prétentieux et ça sonne sagement...

Remontant les marches du seuil, nous suivîmes la rue de Montpensier. Le soleil y glissait un oeil soupçonneux entre les hautes maisons noires qui la bordent. Un promeneur solitaire qui portait un grand chapeau de feutre et un costume très clair s'en allait d'un air à la fois rêveur et décidé. Un chat effrayé fila devant lui. Nous entendîmes sonner la trompe d'une auto.

--Mon cher parrain, me dit Victor Agniel, en me quittant, je suis très satisfait d'avoir votre approbation. Hélas! Sans cette satanée soirée au clair de lune, j'aurais peut-être épousé Mlle Dufraise, et voyez ce qu'aurait été ma vie à Saint-Brieuc ou à Rethel avec une folle qui aurait lu des romans au lieu de repriser mes chaussettes!

J'osai mesurer d'un coup d'oeil cet abîme de désolation. Victor en frissonnait encore.

Et je ne sais pourquoi je songeai tout à coup avec un élan de sympathie irrépressible à l'honnête physionomie de M. Valère Bouldouyr.

Victor Agniel s'éloignait de moi en répétant entre ses dents: "Sophie! Sophie!"

CHAPITRE IV.
Dans lequel apparaît l'insaisissable figure qui donnera de l'unité à ce récit.

"...brillant dans l'ombre de la seule beauté, comme les heures divines qui se découpent, avec une étoile au front, sur les fonds bruns des fresques d'Herculanum!
Gérard De Nerval.

Pendant un mois, je cessai de rencontrer Valère Bouldouyr, et M. Delavigne ne me donna aucune nouvelle de lui.

Je ne vis pas davantage Victor Agniel, mais notre dernière rencontre ne m'avait pas laissé un souvenir bien agréable: je ne le relançai pas. Il trouverait bien sans moi, me disais-je, la jeune fille assez raisonnable à ses yeux, - et aux miens, - pour accepter de l'entendre tous les jours!

Le printemps étant lent et doux et se prolongeant en de douces soirées tièdes, il m'arrivait souvent de m'attarder dans l'enclos du Palais-Royal, jusqu'à l'heure où les vieilles dames, autrefois galantes, qui règlent la cote des berlingots et des cordes à sauter, dans des kiosques pointus, ferment boutique et regagnent leurs demeures, où les enfants, las de courir, s'asseyent sur les bancs et soufflent, où les gardiens rébarbatifs, enfin, sifflent, crient et ferment les grilles à lances dorées afin d'isoler dans un carré impénétrable tout l'air pur et respirable du quartier.

Ce fut pendant un de ces après-midis que j'aperçus de nouveau l'auteur de _l'Embarquement pour Thulé_ et du _Jardin des Cent Iris._ La musique militaire répandait aux alentours, selon les hasards de ses cuivres, des lambeaux de pot pourri, arrachés aux entrailles vives de _Carmen_ ou de _Manon._ Une foule mystérieuse, venue des quatre points de l'horizon sur les promesses des quotidiens, se pressait autour des gaillards en uniformes,qui broyaient dans leurs

24

instruments le génie de Bizet ou de Massenet et l'aspergeaient sur nous en poussière de sons.

Je me mêlais à cette société mélomane quand, en face de moi, j'aperçus mon poète.

Il avait au bras l'aimable personne à laquelle M. Delavigne avait fait allusion. J'eus tout le loisir de la considérer, et je fus touché de sa grâce. Tout d'abord, les suppositions de M. Delavigne me firent rougir de honte et de colère; on ne pouvait imaginer un visage plus naïf, plus ouvert et plus pur que celui de la compagne de M. Bouldouyr.

Elle était grande, - plus grande que lui, - fine, avec une certaine gaucherie de jeunesse. Un observateur impartial ne l'eût pas jugée sans défaut; elle avait des épaules un peu hautes et des dents inégales. Mais on ne pouvait rien imaginer de plus spontané que le regard gai et confiant de ses beaux yeux verts, de plus frais que son visage ovale, aux lignes douces et fondues, de plus gamin que sa chevelure blonde, dont quelques mèches échappaient au peigne et faisaient les folles, tant qu'elles pouvaient, en dégringolant le long de ses tempes, - où le soleil s'amusait à les mettre en feu, - ou en caracolant sur son front. En la regardant, M. Bouldouyr ne montrait plus rien de cette vivacité hargneuse, ni de cette bouderie, qu'il avait manifestées chez le coiffeur; mais, bien au contraire, je ne sais quel rayonnement paternel, une douceur suave se répandaient sur ses traits usés et amollis; cette jeune fille était visiblement sous sa protection.

Je les suivis un moment; ils écoutèrent les accords de _Zampa,_ avec un grand sérieux, puis se perdirent dans la foule. Je fus tenté de m'y glisser derrière eux, mais je craignis d'attirer l'attention de M. Bouldouyr et renonçai, à mon tour, aux enivrantes mélodies, dont la garde municipale berçait les badauds, les chiens et les pigeons réunis autour d'elle.

Les jours suivants, je ne revis plus M. Bouldouyr avec sa jeune amie; par contre, je le rencontrai souvent dans la société de deux autres personnes avec lesquelles il se promenait, alternativement. Elles étaient fort différentes l'une de l'autre. La première était un jeune homme blond, d'un blond extrême, et dont les cheveux et les favoris coupés à mi-joue avaient quelque chose d'extrêmement vaporeux et de léger; c'était moins un système pileux qu'une sorte de fumée d'or, qui flottait doucement autour de son front sans rides et de son visage riant. Il avait l'oeil clair, le nez au vent et la lèvre gourmande, - et des vêtements trop larges qu'il ne remplissait pas.

Pour le second ami de M. Bouldouyr, il était si étrange que je ne pus douter que ce fût un idiot. Il ne marchait jamais au pas tranquille et un peu cérémonieux de son compagnon; tantôt il le précédait en toute hâte et tantôt s'attardait derrière lui. Maigre, dégingandé, avec une pomme d'Adam trop visible, qui gonflait son cou démesuré, ce qu'on remarquait surtout en lui, c'était le vide extraordinaire de ses yeux et le tic qui, à chaque seconde, lui déformait la bouche et la tiraillait de côté. Toute son attitude témoignait d'un extrême empressement à vous complaire, combiné avec l'impossibilité totale de savoir ce qu'il fallait faire pour cela et d'un mélange de servilité, de crainte et de distraction fatale et mélancolique. Souvent, il riait aux éclats, sans raison apparente, et soit qu'il parlât, soit qu'il écoutât, il se frottait les mains l'une contre l'autre comme s'il voulait les user, sans négliger d'ailleurs de sortir enfantinement un bout de langue entre ses lèvres secouées de soubresauts. Il pouvait avoir vingt-huit ou quarante-cinq ans, le jeunesse et la flétrissure du temps étant mêlées sans ordre sur ses traits.

Valère Bouldouyr l'écoutait avec bonté et un peu de tristesse, mais il lui parlait lui-même avec animation, et je n'aurais pas compris de quoi il pouvait l'entretenir, si je n'avais entendu, un soir, assis sur une chaise, un bout de leur conversation.

J'étais installé, en effet, non loin du bassin central, qui anime d'écharpes et d'arcs-en-ciel la fusée pure de son jet d'eau, quand le poète et son pauvre ami s'emparèrent du banc le plus proche de moi.

Bientôt ce singulier colloque vint jusqu'à moi, coupé de loin en loin par les élans plus bruyants de la tige d'écume.

--Mon pauvre Florentin, disait doucement M. Bouldouyr, as-tu envie de m'écouter ce soir? Sens-tu que tu pourras me comprendre?

L'idiot frappa longuement ses mains l'une contre l'autre, eut un rire étouffé et finit par répondre:

--Monsieur Valère, il me semble, aujourd'hui, que tout ce que vous dites me fait des signes.

--Eh bien! mon bon Florentin, je vais t'avouer qu'hier j'ai passé une soirée bien triste: Françoise n'est pas venue.

--Pas venue! Répéta l'innocent, qui essayait de suivre les paroles de son ami.

Puis, il ajouta triomphalement:

--Peut-être que les crapauds l'ont empêchée de passer!

A quel souvenir mystérieux, à quelle pensée bizarre se rattachait cette phrase de Florentin, je ne l'ai jamais compris; et, de même, par la suite, dans mes relations avec ce pauvre diable, j'ai bien rarement démêlé comment il accordait à la réalité les singulières idées qui traversaient sa cervelle en désordre. Mais que de fois ai-je senti à quel point était insensible la distance qui séparait cet esprit obscur de nos intelligences satisfaites et que nous imaginons lumineuses!

M. Bouldouyr regarda mélancoliquement son compagnon et continua en ces termes:

--Oui: une bien triste soirée. Quand j'attends Françoise je ne peux faire autre chose, et, quand elle ne vient pas, j'ai l'oreille au guet, pendant des heures, je tourne en rond dans ma chambre, sans but, sans désir, sans intérêt. Que veux-tu, Florentin, que je fasse de ma pauvre vie? Qu'ai-je à attendre d'elle? Je n'écris plus de vers; personne au monde ne se souvient de mon existence. Je suis comme les vieux chiens qui ne chassent plus et qui se couchent devant le feu, l'hiver.

--Les vieux chiens, répéta l'idiot, à qui ces mots apportèrent une image enfin précise. Je crois que j'en ai vu un autrefois. Un vieux chien... Je ne sais plus s'il était vivant ou mort...

--Au contraire, quand Françoise apparaît, il me semble que le soleil s'installe dans ma chambre, et je suis content pour une semaine. Elle me regarde de ses grands yeux clairs, et j'ai envie de rire, de chanter, d'accomplir des choses absurdes; il me semble que j'ai vingt ans! Et, cependant, je n'ai jamais rencontré dans ma jeunesse un être comme elle...

--On n'en faisait peut-être pas, dit l'idiot.

--Tu as raison, mon sage Florentin, on fait bien rarement une Françoise. Est-ce que tu l'aimes, toi?

29

Florentin sembla réfléchir, il baissa la tête, et je vis sur son visage une angoisse comme celle qui passe à travers la nature, quand commence à souffler un grand vent d'orage.

--Françoise, répéta-t-il, je crois... je crois que je la connais.

Et, soudain, tout son visage se détendit, une expression heureuse anima une seconde ses traits inertes, et il cria:

--Oh! la fenêtre qui s'ouvre!

--Viens, dit M. Bouldouyr, en se levant. Il faut rentrer. Tu y vois mieux que nous autres, au fond, pauvre enfant!

Le vieux poète et son étrange compagnon s'en allèrent lentement. Je ne pouvais douter que cette Françoise fût la jeune fille aux yeux verts que j'avais rencontrée déjà. Mais que faisait-elle dans cette étrange société et quel lien pouvait-il y avoir entre elle et M. Valère Bouldouyr, fonctionnaire en retraite, poète et auteur oublié de deux plaquettes de vers symbolistes?

CHAPITRE V.
Petit essai sur les moeurs du Palais-Royal.

"Matthew. - Savez-vous que vous avez là un joli logement, très confortable et très tranquille?

Bobadil. - Oui, monsieur (asseyez-vous, je vous prie). Mais je vous demanderais, monsieur Matthew, en aucun cas de ne communiquer à qui que ce soit de notre connaissance le secret de ma demeure.

Matthew. - Qui? Moi, monsieur? Jamais!

Bobadil. - Peu m'importe, bien entendu, qu'on la connaisse, car la baraque est fort convenable; mais c'est par crainte d'être trop répandu et que tout le monde ne me vienne voir comme il arrive à certains.

Matthew. - Vous avez raison, capitaine, et je vous comprends!

Bobadil. - C'est que, voyez-vous, par la valeur du coeur qui bat ici, je ne veux pas étendre mes relations! Je me borne à quelques esprits, distingués et choisis, comme vous, à qui je suis particulièrement attaché.

Ben Jonson.

J'ai dit que j'habitais au Palais-Royal, mais non pas ce que je considérais par mes fenêtres. Ou, plutôt, je n'insisterai pas sur ce jardin célèbre qui, chaque nuit, se laisse envahir, par une foule d'ombres illustres. Je préfère vous montrer la maison qui ferme mon horizon, de l'autre côté de la rue, et qui doit jouer un rôle considérable dans cette histoire.

C'est une maison de quatre étages, dont je ne vois que l'envers, car elle a sa porte d'entrée sur la rue des Bons-Enfants. Elle a l'air d'une personne qui, pendant un défilé, tournerait, seule, le dos à ce qui passe pour se consacrer à un autre spectacle. Elle se compose de deux ailes en saillie et d'une façade en retrait, le tout surmonté d'un étage à mansardes. Entre les ailes et la façade, s'étend, au-dessus du rez-de-chaussée une large terrasse qui contient, d'un côté, une haute cage de verre et, de l'autre, un ciel ouvert. Dans la cage, s'agitent des êtres falots qui font et qui défont sans arrêt des piles d'étoffes sombres: peut-être sont-ce des condamnés de droit commun. Le ciel ouvert doit donner un peu de jour à un grand atelier qui occupe toute la partie inférieure de l'immeuble, lequel, d'après ce que m'a appris son enseigne, est voué à l'imperméabilisation. Imperméabilisation de quoi? Je ne saurais vous le dire. Mais j'ai toujours supposé que, dans les fondements ténébreux de cette demeure, des démons s'agitaient pour répandre sans cesse dans le monde cette loi morale qui rend les êtres humains imperméables les uns aux autres, et je ne passais jamais devant cet atelier mystérieux sans un serrement de coeur.

Divers bureau occupaient le premier et le second étage de ma voisine de pierre. J'y distinguais un grand nombre d'employés, qui allaient et venaient sans but visible, comme des fourmis dans une fourmilière et déplaçaient d'énormes registres, sur lesquels ils se penchaient parfois, sans doute pour faire le compte quotidien des âmes humaines qu'ils avaient rendues imperméables.

Le reste de la maison se divisait en appartement bourgeois. Parfois, je voyais se pencher à une fenêtre l'un ou l'autre de ses habitants. Au troisième, c'était, d'une part, un vieux couple si uni que, lorsque se montrait la femme, le mari aussitôt accourait et, d'autre part, une famille si nombreuse que je n'avais jamais l'impression que le même enfant se penchât sur l'allège. Au quatrième, deux ouvrières, jeunes et fraîches, deux soeurs, paraissaient souvent dans l'encadrement de la croisée; je les regardais et elles me souriaient. Souvent, l'une d'elles, en train de se coiffer, venait jusqu'à la fenêtre, mais, si elle m'apercevait, elle s'enfuyait aussitôt, toute rougissante de ses épaules nues.

Cependant, sur le même étage, le second appartement ne semblait habité que la nuit.

Une lampe allumée y veillait toujours jusqu'à l'aube.

Cette petite goutte d'or qui s'éteignait si tard excitait mon imagination. J'essayais de me représenter l'homme ou la femme qui la prenait pour témoin de sa vie, de son travail, de ses rêves ou de ses amours. Il m'arrivait même de ne pas me coucher pour surprendre le secret de cette veille. Mais rien ne remuait derrière les parois de verre qui me cachaient les occupations de l'inconnu. Avant de me mettre au lit, je jetais un coup d'oeil sur la maison endormie; sa façade blanche luisait à peine dans l'ombre, tout reposait; mais, en face de moi, la petite étoile scintillait toujours.

Or, un soir, dans ces chambres si singulièrement désertes, malgré leur lampe vigilante, j'aperçus un va-et-vient surprenant. Non pas une personne, mais plusieurs passaient et repassaient derrière les vitres; elles le faisaient avec une rapidité extraordinaire, et je finis par comprendre qu'elles dansaient. Ma stupeur fut sans bornes. On dansait dans ces pièces, que, sans leur lumière, j'eusse pu croire inhabitées! Je fis vingt suppositions; je me demandai si un nouveau locataire avait remplacé l'homme ou la femme à la lampe, ou bien s'il ne louait pas son appartement à une de ces sociétés qui organisent des bals ou des banquets dans les maisons tranquilles du quartier. Mais la platitude de mes inventions augmentait ma déconvenue et ma curiosité. Vers onze heures, les couples cessèrent de passer devant l'écran. A minuit, tout s'éteignit, et, une demi-heure après, la petite lampe mystérieuse se ralluma.

Le lendemain, à peine levé, je courus à ma fenêtre dans l'espoir que mon voisin paraîtrait à la sienne. Personne. Plus tard, une musique bizarre mit toute la rue en émoi. C'était un vieil orgue de Barbarie poussif et criard, auquel manquaient des notes et qui, avec des grincements de poulie, des soupirs de bête malade et des sursauts, désossa, pour ainsi dire, un air du _Trovatore._

Je découvris une singulière machine, montée sur une voiture traînée par un âne; un cul-de-jatte, attaché à un banc parallèle aux brancards, tournait d'une main la manivelle de l'instrument et, de l'autre, conduisait la pauvre bête. Un singe, habillé comme un doge, d'une longue robe rouge, et coiffé d'un bonnet de fourrure, trépignait à l'arrière de l'équipage et agitait un tambour de basque. Quelquefois, un sou tombait d'une croisée, et le petit infirme attendait avec majesté qu'un passant voulût bien le ramasser et le lui porter, ce qui ne manquait jamais.

Un spectacle aussi curieux fit apparaître tous les visages. Les Comptables d'en face surgirent avec leurs registres sous le bras et leurs plumes sur l'oreille; le vieux couple amoureux s'enlaça; autour de la mère de famille, vingt têtes rouges se montrèrent, ouvertes du même rire béat qui les transformait en ces tirelires qui ont la forme de pommes. Les deux ouvrières accoururent, l'une, qui était en corset, se cachant à demi derrière sa soeur.

Mais, même en cette circonstance mémorable, mon travailleur nocturne ne daigna pas jeter un coup d'oeil sur la rue, et l'infirme s'éloigna avec son _Trovatore_ déséquilibré, son âne docile et son singe de pourpre, sans avoir réussi à le troubler dans son détachement suprême des choses de la chaussée.

CHAPITRE VI.
Qui traite de la prévision, de la prudence et de la modération.

"Réfléchis à ce que le corps a dit un jour à la tête: 'O tête, puisse la raison être toujours la compagnie de ta cervelle!' " Abou'lkasim Firdousi.

Au moment où je sortais, quelqu'un me frappa le bras: Victor Agniel me cherchait. Jamais encore je n'avais vu sur son visage une telle solennité, ni dans son attitude, plus grave apparat.

--J'ai à vous parler, me dit-il.

--C'est pressé?

--J'ai besoin de vos conseils.

J'avais, le matin même, guigné un livre chez un bouquiniste voisin; le désir de le posséder ne s'étant pas éveillé tout de suite en moi, j'avais passé sans m'arrêter. Mais il m'obsédait depuis le déjeuner; je craignais que quelqu'un ne s'en emparât, et je traînai mon filleul jusqu'au passage Vérot-Dodat.

Je l'ai déjà avoué, j'aime ces vieux passages de Paris à qui une voûte vitrée donne un air à la fois d'aquarium et d'établissement de bains. Le jour y est égal et comme mort: il semble que rien n'y puisse jamais changer, boutiques, ni passants. C'est de l'éternité dans un bocal. Il est difficile de croire que les êtres qui y vivent soient réels, ardents, pareils à ceux qui gravitent dans les rues brûlantes ou glacées; on les prendrait plutôt pour des ombres, des larves, des émissaires de l'Informulé. Pourtant, quand on leur parle, ils laissent tomber de leurs lèvres blêmes les mêmes paroles que les nôtres. Sans doute, leur Laponie sous verre n'ignore-t-elle pas nos passions. Ici, on voit une confiserie, là, un libraire, un empailleur ou un chemisier, un orthopédiste, plus loin, un café. Tout semble ancien, falot, conservé dans du sucre, comme ces antiques bonbons que l'on mangeait chez nos vieilles tantes et qui représentaient un mouton ou un chien, - et le moindre étalage de fleurs naturelles, avec de minces violettes et des roses fantômes, posées sur des fougères, prend là-dedans une luxuriante de forêt vierge.

Mon livre acquis, je ramenai chez moi Victor Agniel. Il prit d'instinct un des fauteuils de mon minuscule salon, car il sentait bien que, pour la révélation qu'il avait à me faire, il ne serait jamais assez imposant.

--Mon cher parrain, me dit-il, je vous annonce mon prochain mariage.

Je le félicitai et je lui dis que, cette fois-ci, j'espérais bien qu'il était entièrement satisfait de cette union, au point de vue du raisonnable.

--Je crois que je n'ai pas à me plaindre, dit-il. L'enfant que j'épouse est douce, soumise, pratique, faite aux soins du ménage.

--Jolie?

--Suffisamment pour me plaire: pas assez pour attirer l'attention. On ne se retourne pas pour la regarder.

--Voilà qui va des mieux!

--Son père et sa mère sont d'honnêtes commerçants de la rue du Sentier. Ce sont eux, surtout, qui m'enthousiasment. Quelle sagesse! Quelle expérience! Jamais un mot vague, une de ces expressions troubles qui vous portent sur les nerfs!

--Le mot amour, par exemple?

--Oui, oui, et tous les autres qui lui ressemblent, vous savez, ces expressions ridicules de chansonnettes! Avec eux, pas de surprise! Ils ne connaissent rien au-dessus de la comptabilité.

--Riches, par conséquent?

--Oh! non, le père a fait à différentes reprises de mauvaises affaires. Mais c'est un hasard, n'est-ce pas, une déveine. J'aime mieux un esprit positif qui se ruine qu'un exalté qui fait fortune. La raison, la prudence, la méthode, mon cher, sont tout ce que j'estime ici-bas!

--Je suis ravi de t'entendre parler ainsi. Et cette enfant t'aime-t-elle?

--Vous plaisantez, parrain! Toujours vos badinages. Non, je ne lui ai encore rien dit de notre mariage, mais je suis persuadé que cette union ne lui déplaira pas. D'ailleurs, ses parents m'admirent beaucoup; ils savent qu'ils n'auront jamais un gendre plus sensé!

--Les as-tu pressentis, du moins?

--Pas encore. Je ne suis pas très pressé de ma marier. Mon oncle Planavergne n'est pas encore mort. J'étudie l'enfant, je la surveille, je la forme peu à peu, je fais bonne garde autour d'elle. Quand la poire sera mûre, je me présenterai, et tout sera dit. Je connais ces gens, d'ailleurs, de la manière la plus pratique du monde; ils sont venus dans l'étude de maître Racuir pour passer un acte, j'ai eu affaire à eux, nous nous sommes plu tout de suite. Ils m'ont invité à leur rendre visite, dans l'espoir, bien entendu, que leur fille me conviendrait. Vous savez, je n'ai pas fait le discret. J'ai montré un bout de l'oreille de l'oncle Planavergne. Alors, une ou deux fois par semaine, je passe la soirée chez mes amis; ils me servent un bon potage, un excellent fricot, et nous jouons au loto avec une cousine de la fillette ou un camarade de l'étude que j'amène quelquefois...

Je voulus le taquiner.

--Tu n'as pas peur que ta fiancée devienne amoureuse de lui?

Il partit d'un bon éclat de rire:

--Pas de danger. Tu le connais: c'est Calbot, un véritable monstre!

Je me souvins, en effet, d'un pauvre diable, très laid, vrai souffre-douleur de l'étude, avec un nez cassé, à peu près privé de toute arrête médiane et une bouche fendue jusqu'aux oreilles, un de ces êtres que la nature enfante quelquefois sans autre but visible que de réjouir les hommes normaux, - Agniel, en particulier - et, par comparaison, de leur faire croire en leur beauté.

--D'ailleurs, le plus drôle, ajouta-t-il, c'est que l'enfant se plaît avec ce gnome. Elle a pitié de lui, dit-elle. Au fond, je crois qu'elle est très bonne et dévouée, ce qui a bien son prix chez une femme.

--Est-ce que, dans certains cas, les expressions de chansonnettes que tu stigmatisais tout à l'heure retrouveraient grâce à tes yeux?

--Parrain, cher parrain, je vous aime bien, mais vous êtes un étourdi! Ces expressions-là sont ridicules quand il ne s'agit que d'amour, mais, dans un ménage, elles retrouvent leur sens; la femme doit avoir de ces vertus qui font la vie de l'homme plus agréable.

Il parla encore longtemps de la sorte, avec cette certitude tranquille que j'appréciais tant en lui. Il me confia que chaque soir, avant de se coucher, pour ne pas avoir d'aléas, plus tard, il établissait la comptabilité d'une de ses journées futures. Il savait le prix de toute chose, et il prenait plaisir à additionner les dépenses de son ménage, celles de sa femme et les siennes propres, afin de voir ce qu'il aurait à gagner et ce qu'il pourrait économiser là-dessus.

--Cela n'a l'air de rien, mais mes petits calculs sont des plus utiles. On sait où on va. On supprime l'imprévu. Il n'y a pas de méthode plus raisonnable.

Je convins de son excellence. Agniel me quitta pour aller grossoyer chez maître Racuir. Mais, quand il m'eut quitté, je m'aperçus tout à coup qu'il avait omis de m'apprendre le nom de sa fiancée future.

CHAPITRE VII.
Dans lequel l'invraisemblable devient quotidien.

"Avoir perdu la tête lui paraissait une chose fort plaisante. C'est assez souvent sous ce point de vue que l'esprit sans jugement envisage le malheur d'autrui."
Duclos.

Cependant les rêveries de mon jeune ami ne me faisaient pas oublier les mystérieuse occupations de mon voisin d'en face. Pendant plusieurs mois, j'observai sa fenêtre sans y voir autre chose que la lumière de sa petite lampe, mais, un soir, un éclat inaccoutumé me révéla que cet inconnu donnait à danser de nouveau dans son étroit appartement.

Je remarquai d'abord une profusion de clartés. Au bout d'un moment, on ouvrit une des fenêtres, et j'entendis alors distinctement les accents d'un violon. Il jouait avec un sentiment délicat et triste des pièces du XVIIIe siècle, des airs de Mozart, de Rameau et de Scarlatti. Puis, après un assez long silence, j'ouïs de vulgaires valses et des polkas surannées. Et je vis passer des couples. Je les distinguais d'abord mal à cause des rideaux de mousseline blanche, derrière lesquels ils évoluaient. Mais je me souvins tout à coup d'une lorgnette de théâtre oubliée au fond d'un tiroir, et, dès que je l'eus appliquée à mes yeux, je faillis la laisser tomber de surprise! Mon extraordinaire voisin donnait, en effet, un bal costumé!
Au premier moment, je discernai difficilement les costumes. Ce ne fut qu'après un long examen que je réussis à isoler les danseurs, à les reconnaître et, non point à juger avec précision, mais à entrevoir, peut-être même à imaginer, la défroque dont ils étaient affublés. Il faut dire qu'ils approchaient rarement des croisées et que, même avec ma lorgnette, je voyais passer et repasser des silhouettes, plutôt que des êtres vivants!

Pourtant, je finis par apercevoir un Pierrot, sans doute à cause de la simplicité de son costume. Il ne semblait pas danser, mais il allait et venait d'un air hésitant, surtout dans les instants où les autres couples se reposaient. Parmi ceux-ci, je démêlai à la longue une jeune femme à perruque blanche, puis une autre, dont une mantille devait couvrir le front. Pour les autres hommes, ils devaient figurer un Incroyable, un Mousquetaire et un Pêcheur napolitain, car j'aperçus un chapeau de feutre à longues plumes, un vaste tricorne et un bonnet rouge à gland. Quant aux visages, bien entendu, il ne fallait pas penser à les distinguer.

Je passai deux heures derrière la fenêtre, sans voir autre chose que les allées et venues de ces six personnes, qui constituaient évidemment tous les invités de cette fête étrange. Mais j'étais si surexcité que je résolus de les examiner de plus près. Quand la musique s'arrêta, quand les lumières s'éteignirent, je dégringolai en hâte mon escalier et courus me poster au coin de la porte par laquelle je supposai qu'ils devaient sortir. Mais sans doute arrivai-je trop tard; la rue était déserte, personne ne parut. Je revins à pas lents, songeant à ces circonstances. La petite place du Palais-Royal dormait dans le silence de la nuit, solitaire et théâtrale, avec les becs de gaz qui n'éclairaient qu'à mi-hauteur de grandes maisons tranquilles; le passage Vérité ouvrait son porche béant et vaste où pendait une pâle lanterne; la rue Montesquieu s'enfonçait au delà dans de molles ténèbres.

43

Comme je tournais le coin de la rue, j'aperçus M. Valère Bouldouyr. Il marchait plus lourdement que d'habitude en pesant sur sa grosse canne. Il ne me remarqua pas, et son pas traînant et inégal fit peur à un long chat noir, qui jaillit presque d'entre ses pieds et alla se cacher dans un angle du mur. Il disparut au tournant du passage Vérité.

Le lendemain, je le rencontrai de nouveau. Il faisait avec sa jeune amie le tour des charmilles du jardin. L'idiot les accompagnait. Je les suivis, tout frémissant du désir d'entendre leur conversation, mais ce fut à peine si, de loin en loin, une phrase venait jusqu'à moi.

Cependant, M. Bouldouyr et sa compagne causaient avec tant d'animation qu'ils en oublièrent l'idiot, qui resta en arrière à considérer le jet d'eau. Or, juste à ce moment, une bande de jeunes galopins, échappée de quelque collège, traversait en criant le Palais-Royal. Ils avisèrent l'égaré et, selon la coutume de leur race, résolurent de le cruellement brimer. Ils firent aussitôt une ronde qui se noua autour de lui et l'entoura de son mouvement vertigineux et de ses hurlements répétés. Le pauvre ahuri s'efforçait de leur échapper, et, à chaque élan qu'il prenait pour rompre la chaîne, il recevait une bourrade qui le rejetait en arrière. Il appela au secours, mais ses amis étaient maintenant trop loin pour distinguer ses cris au milieu du tumulte général. Le dessein des garnements était visiblement d'amener leur victime jusqu'au bord du bassin et, en ouvrant brusquement leur cercle, de produire une bousculade au cours de laquelle il tomberait à l'eau.

Ce fut à ce moment que j'intervins. Comme il passait devant moi, je saisis par l'épaule le plus déchaîné de ces énergumènes.

Il était temps. L'innocent venait de rouler à terre et son front, frappant rudement la margelle du bassin, laissait déjà couler un filet rouge. Je giflai violemment le bonhomme que j'avais happé et j'en jetai un autre sur le sol. Tous reculèrent et commencèrent à me huer. Mais l'arrivée des gardiens du square, qui firent mine de mener deux ou trois de ces forcenés au commissariat de police et le retour de M. Bouldouyr et de sa compagne, protecteurs visibles de la victime, firent évanouir toute la bande. Il ne nous resta plus qu'à conduire le blessé chez le pharmacien, qui lui fit un pansement rapide, la blessure n'ayant aucune gravité.

Comme nous sortions de la boutique, M. Bouldouyr, au nom de son jeune ami, m'offrit ses remercîments, auxquels l'infortuné joignit les siens. Après quoi, M. Bouldouyr témoigna du désir de me mieux connaître. Je lui dis qui j'étais et ce que je faisais dans la vie, ce qui ne fut pas long. Il voulut aussitôt se faire connaître, mais je le prévins en l'appelant par son nom et en lui récitant une de ses strophes:

_Rien, Madame, si ce n'est l'ombre
D'un masque de roses tombé,

Ne saurait rendre un coeur plus sombre
Que ce ciel par vous dérobé._

Jamais je n'ai vu homme à ce point stupéfait. Il balbutia quelques mots qui exprimaient son impossibilité de croire à une telle félicité.

--J'ai vos livres dans ma bibliothèque, monsieur Bouldouyr, dis-je avec assurance, et je les admire beaucoup.

Il me serra alors les mains avec une grande effusion; il était bouleversé. Enfin il reprit ses esprits et me présenta à la jeune fille qui l'accompagnait et qui était, me dit-il, sa nièce, Françoise Chédigny. Il m'apprit ensuite que l'idiot s'appelait Florentin Muzat et qu'il l'aimait beaucoup. Ledit Florentin exécuta en mon honneur un extraordinaire plongeon et se mit à rire angéliquement.

--Monsieur, me dit Valère Bouldouyr en me quittant, serait-il indiscret à moi de vous exprimer le désir de vous revoir? Je ne suis qu'un vieux poète oublié de tous, mais vous m'avez montré tant de sympathie que vous excuserez, j'en suis sûr, mon indiscrétion.

--J'ai le même souhait à formuler, monsieur!

Il me serra de nouveau la main et nous prîmes rendez-vous. Mlle Chédigny m'adressa un sourire qui me fit frémir de tendresse émue, tant il était amical et presque intime, et

Florentin Muzat plongea de nouveau jusqu'à terre, n'ayant pas encore compris, d'ailleurs, de quel fâcheux bain l'avait sauvé ma providentielle intervention.

CHAPITRE VIII.
Où le lecteur commencera de savoir où mène l'escalier d'or.

"Le besoin de la correspondance parfaite entre le dedans et le dehors des choses, entre le fond et la forme, n'est pas dans sa nature. Elle ne souffre pas de la laideur; à peine si elle s'en aperçoit. Pour moi, je ne puis qu'oublier ce qui me choque, je ne puis pas n'être pas choqué.
Henri-Frédéric Amiel.

Quelques jours après, je me rendis à l'invitation de M. Valère Bouldouyr. Quelle ne fut pas ma surprise, devant sa porte, de reconnaître qu'il habitait la maison où mon mystérieux voisin donnait d'invraisemblables fêtes! La pensée, un moment, m'effleura que c'était lui; mais je ris de cette tournure d'esprit qui pousse toujours au roman mon imagination trop logique.

L'escalier de vieille pierre usée, large, doux au pas, se développait entre une muraille peinte en faux marbre et une rampe basse, dont la ferronnerie alerte étirait des entrelacs élégants comme une signature de poète. Mais, au troisième étage, il cessa pour faire place à un palier, sur lequel deux autres escaliers se greffaient, l'un à droite, l'autre à gauche, ceux-ci étroits, incommodes et tournants. Je ne savais dans quel sens m'orienter, lorsque je m'avisai que l'un d'entre eux grimpait le long d'un mur tendu d'étoffe, ce qui me décida. Je reconnus au passage des lés de damas ancien, d'une belle couleur d'or, autrefois éclatants, maintenant ternis et tachés par places, mais encore magnifiques. On montait, je dus me l'avouer, dans une sorte de rayonnement, qui vous caressait et vous faisait oublier les marches hautes et non cirées et l'humilité mélancolique de l'endroit.

--Ce Bouldouyr, me disais-je, est encore plus fou que je ne croyais. Pourquoi diable accroche-t-il au dehors ces vieux lampas?

Je m'arrêtai devant une petite porte à laquelle pendait une tresse de soie, terminée par un masque japonais.

Ce fut M. Bouldouyr lui-même qui m'introduisit chez lui. Un étroit corridor franchi, nous entrâmes dans une pièce qui faisait face à la mienne. C'était donc bien ici qu'avaient lieu ces réunions nocturnes qui m'avaient tant intrigué! Mon bonheur, à cette découverte, devint une sorte de frénésie, dont j'eus toutes les peines à cacher à mon hôte l'anormal excès. Lui-même, ignorant mon caractère, put prendre pour les marques d'une nature exceptionnellement expansive les effusions que je lui prodiguai, - ou peut-être aussi pour délire d'une admiration longtemps comprimée.

Notre conversation se ressentit, bien entendu, de cette équivoque.

--Je suis ému, monsieur Bouldouyr, plus ému que je ne saurais vous le dire, d'entrer chez vous.

--Vous me comblez.

--Non, non, vous ne pouvez pas me comprendre! Il y a des mois que j'attends ce moment, cette heure unique pour moi...

--Ah! mon ami, vous feriez rougir le vieil homme que je suis!

--Quel merveilleux endroit vous habitez!

--Vous voulez plaisanter... Le gîte bien humble d'un pauvre diable...

--Et cet escalier extraordinaire qui vous mène on ne sait où!

Ici, mon voisin sourit tristement:

--Je l'appelle l'escalier d'or. Je voudrais qu'en s'y engageant, on comprît qu'il vous conduit ailleurs, en un lieu où les autres ne vous conduisent guère, dans l'Illusion, peut-être! Il n'y a ici qu'une misérable mansarde, monsieur, mais quelqu'un habite cette mansarde, qui a failli être un poète et qui n'a jamais cessé, quelque triste et recluse que fût sa vie, d'aimer la poésie plus que tout! De mon temps, on était ainsi; je crois que les nouvelles générations sont différentes. "Un homme au rêve habitué", voilà ce que je suis, monsieur, si l'ose employer, pour mon humble usage, l'expression dont mon maître s'est servi pour qualifier un des plus purs d'entre nous. Peut-être me prendrez-vous pour un vieil imbécile, mais je vous jure que ma foi dans cette déesse n'a jamais faibli!

Bouldouyr tint à me faire visiter sa maison et admirer ses trésors, trésors bien modestes pour tout autre que lui, - ou que moi! La pièce où je venais d'entrer lui servait à la fois de salon et de bureau; de bons gros meubles commodes et sans grâce y prenaient ces airs tranquilles, accueillants, qu'ont les domestiques qui ont vieilli dans une même maison. Mais, dans un coin, j'avisai un secrétaire vénitien, en marqueterie, avec des tiroirs bombés et une double glace verdie, sous une corniche ornée de fruits et de fleurs.

--C'est mon ami Justin Nérac qui me l'a laissé, me dit modestement Bouldouyr.

La salle à manger était à peu près vide, mais, dans la chambre, à côté d'un divan bas, qui servait de lit, une belle commode Louis XVI étalait ses formes élégantes et solides à la fois et les riches rosaces de ses bronzes dorés.

--Mâtin! Dis-je avec admiration.

-C'est mon ami, Justin Nérac qui me l'a laissée, répéta Bouldouyr, avec la même modestie. Tout ce qu'il a de bien dans cette maison me vient de lui.

Je distinguai au-dessus du divan de petits cadres; je m'approchai: c'étaient deux billets, ornés des caractères admirables d'une écriture unique au monde.

--Stéphane Mallarmé m'a fait l'honneur de m'écrire plusieurs fois, monsieur. Ce sont là mes titres de gloire!

--L'avez-vous connu?

Il ne répondit pas tout de suite.

--Oui, dit-il enfin; il a daigné me recevoir. J'ai entendu plusieurs fois le plus grand artiste de tous les temps créer avec de simples paroles, les mêmes qui servent à tous, ces images divines et ces histoires enchanteresses qui donnaient à l'univers sa vérité éternelle. Ma vie n'a pas été veine. Je n'ai rien obtenu de ce qu'ont possédé les autres hommes, non, rien; mais cette dignité suprême, du moins, m'aura été conférée...

Et, ouvrant les tiroirs de son bureau vénitien, il me désigna des monceaux de lettres.

--Et voici toute la correspondance de mon ami Justin Nérac, que personne ne connaît plus et qui avait l'intelligence, la grâce et l'esprit d'un homme qui, en songe, aurait été chaque nuit l'hôte de Titania... Il est mort dans un asile de fous, monsieur!

Je vis bien autre chose dans le logis de mon nouvel ami, je vis des plaquettes rarissimes et les premières éditions d'écrivains aujourd'hui illustres et naguère encore inconnus, - ai-je laissé comprendre que ma seule passion en ce monde était la bibliophilie? - je vis une curieuse vue d'optique, où un palais qui semblait bâti par un architecte nègre pour jouer Racine aux îles Haïti laissait voir la perspective d'une mer démontée, - et peut-être démontable, - je vis une frégate, avec toute sa voilure, captive dans les pôles verdâtres d'une bouteille, où un marin l'avait carénée et mâtée, je vis ces boules de verre à coeur multicolore, où il semble toujours neiger des confettis, je vis des coffrets de coquillages, une statuette nègre, des affiches représentant Anna Held, la Goulue ou Méphisto, - touchants témoignages d'une époque perdue! - je vis un bâton qui avait appartenu à Verlaine et un vieux chapeau de Petrus Borel, enfin mille objets excentriques, charmants ou saugrenus, qui composaient à mon vieil ami le plus bizarre musée.

J'avisai une mauvaise photographie d'amateur dans un joli cadre rococo. Je la regardai mieux: ce pâle visage aux yeux clairs...

--Vous la reconnaissez, me dit Bouldouyr, c'est Françoise...
Et ici encore, je ne me plaindrai pas de la vie, j'ai connu,
monsieur, la royauté de l'esprit, j'ai connu la beauté d'une
amitié inaltérable, et je connais maintenant le miracle de ce
monde: la tendresse unie à la pureté!

... Je ne sais pas s'il y a, de-ci, de-là, monsieur Bouldouyr, un
seul vers, dans votre oeuvre, qui soit digne d'aller à la
postérité, je ne sais même pas si quelque chose de vivant les
a animés au jour de leur naissance, mais la poésie qui règne
dans votre coeur, ah! celle-là, je la sens profondément, et elle
me touche jusqu'aux larmes; celle-là, aucune déconvenue,
aucune déception, ni l'âge lui-même, ne l'ont détruite, et
jamais je n'ai mieux compris à quel point vous êtes un poète
véritable qu'en vous entendant parler d'un grand écrivain,
d'un ami mort ou d'une petite fille vivante et que vous
aimez!

CHAPITRE IX.
Origines de M. Valère Bouldouyr.

"Chez la fée Vérité, tout était, au contraire, d'une extrême
simplicité: des tables d'acajou, des boisures unies, des glaces
sans bordures, des porcelaines toutes blanches, presque pas
un meuble nouveau.
  Diderot."

Valère Bouldouyr tenait à me rendre ma visite. Quelques jours après, il sonnait chez moi. Je le trouvai pâle et de souffle court. Je lui demandai s'il ne se sentait pas souffrant, mais il jura qu'il ne s'était jamais mieux porté.

Assis dans un fauteuil, il regardait d'un oeil distrait les gros piliers du balcon, sa large rampe, et au delà, les maisons d'en face, avec leurs pilastres, à mi-hauteur, leur rangée de vases noirs, les pentes des toits gorge de pigeon, et plus haut encore, le hérissement de cheminées, de bouts de toitures, de briques et d'ardoises qui les surplombent.

--Comme j'aime Paris! me dit-il. Ce Paris-ci, le vrai, pas celui qui s'étend autour de l'Étoile! Mon Paris, à moi, est si varié, si curieux, si amusant, si beau! Que de romans n'y ai-je pas rêvés, mais aussi que d'extraordinaires personnages n'y ai-je pas connus! Oui, je lui ai sacrifié ma vie. Autrefois, j'avais un ami tout-puissant aux Colonies. Il voulait m'entraîner avec lui, très loin, en Afrique, je crois. J'y serais devenu quelque chose d'important, Manitou, ou bon dieu, ou chef des gendarmes, je ne sais plus au juste. Mais il me fallait quitter Paris. Peut-on vivre ailleurs? Je suis resté ici, je ne le regrette pas...

Il soupira un moment, regarda une bande de grands nuages noirs, lisérés d'or, qui jouaient à l'horizon, puis reprit à voix plus basse:

--Je ne le regrette pas, car il m'est arrivé, un jour, tout récemment, une aventure bien extraordinaire. Je ne vous ai pas dit, monsieur, que mes parents étaient d'honnêtes marchands de drap, les meilleures gens du monde, mais qui n'imaginaient rien au delà du commerce et du doit et avoir. Comment si humble soit-elle, une goutte de la divine ambroisie a-t-elle pu tomber sur ma caboche? Je ne le saurai jamais. Quoi qu'il en soit, quand mon père apprit que j'entendais me consacrer aux Muses, ce fut une belle scène. Nous nous disputâmes six mois; après quoi, sur mon refus de devenir marchand drapier, il me mit à la porte. J'étais jeune, monsieur Salerne et, bien entendu, obstiné. Je menai deux ou trois ans une existence absurde de bohème, vivant, je ne sais comment, de gains inattendus, rarissimes et bizarres, quatrains pour le savon du Sénégal, distiques pour les papillotes du Jour de l'An, reportages occasionnels, etc... Puis un jour, je me fatiguai de courir de garni en garni, de manger des charcuteries pas toujours fraîches et de me soutenir avec de l'alcool dans les cafés, où nous rêvions une bataille _d'Hernani,_ plus tragique encore que la première, et où Sarcey aurait été immolé. Un ami, poète comme moi, me fit entrer au ministère de la Marine. Peut-être le connaissez-vous, il s'appelait Justin Nérac, et il a laissé, lui aussi, deux ou trois petites plaquettes, _les Essors vaincus, le Bréviaire de Jessica,_ etc. Il vivait sans souci, ayant quelque part, en province, des parents qui lui envoyaient un peu d'argent, quand il en manquait. Ce fut ainsi que je devins

55

fonctionnaire. Mon père, même après cette concession au goût du jour, ne voulut jamais me revoir. A la fin de sa vie, il fit entrer dans son affaire mon frère cadet, qu'il aimait beaucoup et qui avait, paraît-il, l'esprit commercial; à eux deux, ils réussirent si brillamment que, lorsque mon père mourut, il ne laissait que des dettes. Quant à mon frère, il a hérité de la haine familiale, il me méprise et ne veut pas me connaître. Moi non plus, d'ailleurs, car c'est un terrible imbécile.

Ici, mon interlocuteur sourit malicieusement.

--D'ailleurs, peut-être me recevrait-il plus volontiers aujourd'hui, s'il savait la vérité, car je ne suis pas tout à fait dénué de ressources. Mon pauvre ami Nérac,en mourant, a tenu à me laisser une petite partie de son avoir, ainsi que ses meubles et quelques souvenirs; cela me permet de vivre honorablement, quoique poète, ajouta-t-il, en songeant aux préjugés de sa famille...

--Vous ne pouvez vous imaginer, me dit-il ensuite, quel esprit charmant était Justin Nérac. Mais il ne savait pas s'imposer, il était doux, craintif, silencieux, n'aimait que les entretiens tranquilles et les fleurs, dont il avait toujours chez lui de belles gerbes. C'était à peu près son seul luxe. Il ne s'est pas marié par timidité, car jamais il n'a osé avouer son amour à une jeune fille. Celle qu'il aimait a épousé depuis un huissier; je la rencontre quelquefois. Elle est grosse, rouge, satisfaite, et elle a trois enfants qui lui ressemblent en laid. Et hormis de moi, Nérac est maintenant oublié, - comme je le serai d'ici peu de temps, monsieur Salerne, - comme je le suis déjà, aurai-je dit même, il y a un mois, avant de vous rencontrer...

Le vieil homme s'attendrit, une larme trembla au bout de ses cils, il se leva et vint longuement me serrer la main. Puis il se rassit, et son regard se perdit de nouveau sur les maisons du Palais-Royal et sur les verdures neuves des charmilles, dont la couleur paraissait acide et trop claire entre les pierres presque noires.

--Mais je ne vous ai pas confié encore l'extraordinaire aventure à laquelle je faisais allusion tout à l'heure, continua-t-il. J'ai rencontré, un jour, rue de Rivoli, sous les arcades, une jeune fille, dont la vue me fit sursauter, car c'était tout vivant, tout frais, tout jeune, le portrait de ma mère. Je fus si frappé, monsieur, si ému, que je courus derrière elle et que je l'abordai. Je suis vieux, hélas! Aujourd'hui, je peux me permettre de le faire sans épouvanter personne. La jeune fille me considéra d'abord avec stupeur et refusa de répondre à mes questions: mais quand elle connut le motif de ma curiosité: "Je m'appelle Françoise Chédigny," me dit-elle.

Je ne savais même pas que mon frère se fût marié. - "Alors, répondis-je, vous êtes ma nièce!" Je croyais jusque-là que ces reconnaissances ne se passaient que dans les mélodrames; je fus bien forcé de croire à leur réalité.

J'interrompis ici le narrateur:

--Mais vous vous appelez Bouldouyr?

--Pour ne pas trop déshonorer mes parents, j'ai pris le nom d'une grand-mère. En réalité, je suis Valère Chédigny; et, encore, ajouta-t-il, Valère n'est peut-être ici qu'une concession à l'esprit de roman! Eh bien, monsieur, conclut-il, qu'en pensez-vous? N'ai-je pas bien fait de rester à Paris? Où aurais-je pu rencontrer ailleurs une autre nièce, la plus tendre, la plus primesautière, la plus charmante? Car la même sève mystérieuse qui a fait pousser de si bizarres fleurs dans mon cerveau a filtré dans son esprit. La propre fille de mon âne de frère, de ce butor, de ce pilier de la comptabilité intégrale, ne goûte dans la vie que ce qui est rare, mystérieux, élégant, romanesque. Une musique joue en ce coeur, dont, avant de me connaître, elle n'entendait pas les échos. Moi seul ai su épanouir cette âme méfiante et rétive. Elle va, vient, accomplit de sottes besognes; ses parents sont fiers d'elle et, parce qu'elle se tait, croient qu'elle est de leur race. Elle est de la mienne, monsieur! Pour elle, comme pour moi, l'escalier d'or a un sens! Elle sait où il nous mène!

Il se tut, et j'allais me hasarder à lui parler de ses réunions dansantes, quand il me prévint et me dit:

58

--Voulez-vous la connaître mieux? Je suis sûr qu'elle vous plaira. Venez souper avec quelques amis et moi, jeudi prochain... Tenez, je vais tout vous avouer, au risque de vous sembler ridicule. Pour amuser cette fillette, pour lui donner une vague image d'une vie qu'elle ne connaîtra jamais, j'ai organisé chez moi de petits bals masqués. Un vieux costumier de mes amis a taillé quelques amusantes défroques, et, pour de pauvres enfants, recueillis, de-ci, de-là, et qui vivent une existence lamentable et décolorée, il n'y a rien de plus féerique, de plus étourdissant que ces fêtes nocturnes, chez l'oncle Valère... Que voulez-vous? J'admire les philanthropes qui donnent aux nécessiteux des gilets de flanelle et des os de côtelettes, mais moi, je voudrais n'offrir à tous que du plaisir, - et de l'illusion, quelque chose comme la demi-réalisation d'un rêve... Oui, je sais, je sais, un papillon attrapé n'est plus un papillon! Mais cette poussière multicolore que l'on a au bout des doigts, qui est réelle, que l'on peut toucher, qui semble faite avec de la poudre d'or, de la cendre d'orchidée et de la fumée de feu de Bengale, cette poussière, où il y a tous les tapis de Cachemire et toutes les nacres de la mer, ah! monsieur Salerne, n'est-ce donc rien?

Il s'était dressé, et, à travers le bourgeois un peu lourd, au pardessus bourru, j'entrevoyais le poète de la vingtième année, qui avait jonglé avec les métaphores et voulu clouer au ciel de la poésie une constellation nouvelle. Hélas! l'instant d'après, cette vision avait disparu, et M. Bouldouyr à peine moins pâle pesamment, descendait mon escalier de bois.

CHAPITRE X.
Nouvel essai sur les moeurs du Palais-Royal.

"On me dit: 'Pourquoi es-tu triste?' Pourquoi serais-je gaie? Comme tout répond peu à ma vie intérieure! Chaque effet a sa cause: l'eau n'ira pas courir gaîment, en chantant et en dansant, si son lit n'est pas fait pour cela; ainsi, je n'irai pas rire si une joie intime ne m'y porte."
 Bettina D'Arnim.

Quand j'étais jeune et que j'allais au bal, - si tant est, ce qu'à Dieu ne plaise, que j'aie jamais mené une vie mondaine! - j'éprouvais, certes, moins de fièvre et d'impatience qu'au moment de me rendre chez mon voisin, qui faisait danser quatre chats dans une soupente, - ou presque! - de la rue des Bons-Enfants. Mais c'était justement là que phénomène que Blaise Pascal appelle "divertissement" prenait son caractère et pour ainsi dire essentiel.

L'âge des déguisements étant passé pour moi, je ne revêtis point le pourpoint à dentelles de Don Juan, ni la souquenille de son valet, ni tout autre attirail, destiné à donner le change sur ma mince personnalité. Cependant, je n'en sentais pas moins se former en moi un personnage désinvolte, hardi, curieux et sentimental, qui représentait assez bien à mon imagination l'habitué des bals masqués.

Aussi arrivai-je chez Valère Bouldouyr de fort bonne heure. Paré d'une vieille robe de chambre à fleurs, il errait d'un air assez content dans ses trois petites pièces. Elles étaient ornées de fleurs en assez grand nombre, et l'une d'elles, transformée en buffet, montrait sur une table blanche des pâtisseries, des boîtes de conserves, un saladier d'ananas et quelques bouteilles à tête d'or. A côté, j'entendis de grands éclats de rire.

--Les enfants s'habillent, me confia-t-il.

Au bout d'un moment, je vis apparaître Françoise Chédigny, toute poudrée, vêtue de la robe à paniers, semée de fleurettes roses, et du corsage lacé en échelle, que j'avais aperçus de ma fenêtre. Décolletée assez bas, elle montrait des épaules de perle, grasses et finement tombantes, et une poitrine, dont le charmant volume s'accordait bien avec son déguisement. Sous ses cheveux couleur de neige, ses grands yeux verts s'ouvraient avec une candeur et une gaîté, qui vous inspiraient pour elle mille sentiments émus, tendres et contradictoires.

Elle fut suivie peu après par deux jeunes personnes, ses amies, à ce que j'appris, qui s'appelaient Marie et Blanche

Soudaine, l'une en Espagnole, l'autre, toute jeune, et qui portait le plus galamment du monde un travesti napolitain.

Mon insolite présence n'arriva point à tarir l'entrain, la joie, l'abandon de ces trois fillettes. A les entendre, je comprenais la secrète joie de Valère. Y en a-t-il une plus grande, quand on a son âge, que d'offrir à des êtres jeunes une source de plaisirs, que les circonstances mêmes de leur vie leur défendront toujours?

Tandis qu'elles parlaient, dans un pépiement ininterrompu de volière, je vis surgir le compagnon habituel de Bouldouyr. Sous le bicorne d'un Incroyable, vêtu de jaune et de noir, un lorgnon carré dans l'oeil, le col entouré de plusieurs étages de mousseline, je retrouvai son visage agréable et distrait, ses boucles blondes qui flottaient au vent. Son nom, - Lucien Béchard, - ne me renseigna guère sur ses singularités. Florentin Muzat, en Pierrot, survint tout aussitôt en compagnie d'un mousquetaire efflanqué et myope qui me fut présenté comme M. Jasmin-Brutelier. Ces trois personnages sortaient d'un cabinet étroit, où ils s'habillaient à tour de rôle. Il ne manquait plus que le violoniste, et, dès qu'il fut arrivé, la fête commença.

Singulière fête, en vérité! Ces gens valsaient dans un bien étroit espace, aux sons nostalgiques que le violoniste tirait de son instrument. Mais leurs yeux brillaient, mais une animation extraordinaire les entraînait, mais il me semblait qu'un pétillement d'esprit faisait jaillir de leurs lèvres des paroles vives et joyeuses, - sauf en ce qui concernait le pauvre Florentin Muzat, qui, tantôt avec l'une, tantôt avec l'autre, s'efforçait de reconstituer, pas à pas, les éléments d'un rythme dont la cadence lui manquait. Une telle bienveillance dirigeait cependant les trois jeunes filles que chacune, à tour de rôle s'efforçait de faire partager à l'innocent un peu du bonheur qu'elle éprouvait.

Quand chacun se fut bien trémoussé, la musique un instant s'arrêta, et l'on vaqua aux soins du souper.

Françoise, essoufflée, venait de s'asseoir et s'efforçait de rafraîchir ses joues enflammées à l'aide d'un grand éventail de plumes noires.

Je m'installai à côté d'elle.

--Eh bien, mademoiselle, lui dis-je, êtes-vous contente?

--J'aime tellement le monde! Répondit-elle, avec feu.

Je ne pus m'empêcher de sourire. Ainsi, c'était là ce qu'elle appelait le monde, et ces petites pièces bizarres où il y avait exactement place pour trois couples, lui tenaient lieu des plus belles soirées! Mais quoi, les éléments qui y étaient réunis n'étaient-ils pas les mêmes que partout ailleurs? Mlle Chédigny n'avait-elle pas raison de les trouver chez Bouldouyr, aussi bien que chez cette princesse Lannes, dont les réceptions donnaient à mon coiffeur des bouffées de snobisme innocent?

--Jamais, jusqu'ici, je n'avais assisté à un vrai bal, dit encore Françoise. J'ai été si sévèrement élevée par mes parents et je me suis tant ennuyée chez eux! Notre maison est une prison véritable, on ne sort pas, on ne parle jamais que de commerce, on ne voit que les marchands respectables et vaniteux du voisinage. Ceux qui sont gentils et de relations agréables, mes parents les méprisent. Ils croient que c'est distingué de s'ennuyer! Mon seul plaisir est de venir ici. Le jour où j'ai déclaré à mon oncle que je serais heureuse d'assister à une petite sauterie, il a organisé ces réunions où je m'amuse tant!

--Mais vos parents?

--Je suis dactylographe,: je travaille tout le jour à la banque privée Caïn frères. J'ai dit à ma famille que nos patrons nous demandaient quelquefois de fournir des heures supplémentaires, le soir, et, comme je leur remets fidèlement le produit de ce travail nocturne, ils me croient et me laissent sortir...

Elle riait de son mensonge, avec cette espièglerie puérile qui avait tant d'attraits dans ce visage déjà pensif. Ses grands yeux verts respiraient une telle confiance et une telle sincérité que l'on eût voulu, tout aussitôt, aider au bonheur de Mlle Chédigny, lui donner à sourire, à se plaire, entrer en lutte avec ses ennemis pour la protéger et se dévouer à sa cause. Pourquoi, par leur seule vue, certaines femmes nous rabaissent-elles? Et pourquoi d'autres, tout aussi spontanément, nous civilisent-elles? Françoise Chédigny, qui n'était qu'une humble dactylographe, rien qu'en vous regardant de son beau regard couleur d'algue flottante et d'horizon marin, vous poussait tout doucement dans un roman de chevalerie!

Je rêvais ainsi, en l'écoutant me dépeindre la tristesse de son enfance, l'intérieur familial, morne et grondeur, toujours traversé par des orages financiers, un père rancunier, bouffi de vanité, injuste, une mère acariâtre, violente, jalouse, et la triste succession des jours dans un local sombre et puant la moisissure.

Mais M. Jasmin-Brutelier nous interrompit:

--Venez, dit-il, tout est prêt! On soupe!

--Patron, criait Lucien Béchard, où sont les tenailles? Les bouteilles sont diablement bien bouchées!

Nous nous approchâmes de la table; quatre candélabres surmontés de bougies l'éclairaient; la nappe était semée de violettes. Les boîtes de conserves, ouvertes, exhalaient des parfums divers. Une salade de homard, préparée par les petites Soudaine, était vouée, dans cette nature-morte à la figuration des blancs et des roses.

--Crois-tu que c'est chic? Répétait Blanche Soudaine, en sautant sur ses pieds. Je suis sûre que ce n'est pas mieux chez les princes!

Nous nous assîmes. Le repas commença...

Je ne crois pas avoir assisté de ma vie à un souper aussi gai. Je ne dirai pas combien de fois l'on fit les mêmes plaisanteries; je ne répéterai pas les phrases dont se servit M. Bouldouyr pour porter un toast dans lequel, en mon honneur, il usa tout particulièrement, d'un vocabulaire symboliste, qui, je le crains, ne fut pas goûté par son auditoire autant qu'il le méritait; je ne dénombrerai pas les coups d'oeil langoureux complices, moqueurs ou passionnés, échangés d'une part entre mon amie Françoise et M. Lucien Béchard, et d'autre part, entre M. Jasmin-Brutelier et Mlle Marie Soudaine; je ne décrirai pas la gaîté avec laquelle on décida de considérer les bouteilles vides comme des bêtes de battue et d'en faire un tableau que l'on dénombra avec fierté.

A la fin du souper, Blanche Soudaine, qui avait une petite voix aiguë, accepta de chanter et, grimpée sur une chaise, nous berça d'une barcarolle langoureuse, à laquelle son costume ajoutait plus de conviction. Je ne sais pas d'ailleurs si la vue de ses jolis yeux noirs, brillants comme ceux d'une mésange, d'un cou blanc, qui se continuait par une charmante naissance d'épaules, et de deux jambes potelées et nerveuses, fut tout à fait étrangère aux compliments que nous lui fîmes sur son sentiment musical. L'impression générale de confort et de bonheur que nous éprouvions, ce fut le pauvre Florentin Muzat qui se chargea de la résumer.

--On se sent du velours partout! déclara-t-il.

Mais Marie Soudaine s'écria:

--Ciel! Déjà onze heures et demie!

Ce fut une bousculade. Les trois jeunes filles coururent à la chambre de Valère Bouldouyr, les hommes, au cabinet de débarras qui leur servait de vestiaire. Peu de temps après, tout le monde reparut: hélas! plus de robes à paniers, de perruques, de plumes, de grandes manches flottantes, de cravates de mousseline! Chacun avait revêtu son habillement du jour, ici, de mornes vestons, là, de simples corsages gris ou noirs, un peu de paille d'où pendait une rose de toile. Ce fut une belle déroute dans l'escalier!

Je compris pourquoi, le jour où j'avais voulu trouver la clef de l'énigme, je n'avais vu qu'une rue déserte et un coin de porte fermée.

--Restez encore un moment, me dit M. Bouldouyr, vous n'avez pas de bureau, vous, ni de famille soupçonneuse...

Le souper, tantôt si brillant, n'était plus qu'un pauvre amas d'assiettes sales, des serviettes en tapons, de bouteilles couchées, de fleurs qui se fripaient. Cela avait quelque chose de piteux et de désolant.

--Ma femme de ménage débarrassera cette table demain, dit Bouldouyr. Vous êtes gentil, monsieur Salerne, de ne pas vous ennuyer avec nous! Que voulez-vous? Amuser ma nièce est le seul bonheur de ma vie... Vous avez lu mes vers, mon cher ami, vous savez combien de fois j'y évoque des fêtes mystérieuses, dans des parcs de Watteau, avec des cygnes qui traînent sur les eaux, des statues qui blanchissent dans les sous-bois, et des femmes au beau nom sonore, des princesses de Décaméron, des infantes, Cléopâtre ou Titania... Je les écrivais dans une pauvre chambre sale et sans meubles, dont le seul ornement était une affiche de Chéret, qu'un ami m'avait laissée... Et maintenant, j'organise de petits soupers, afin de donner la même illusion féerique à une nièce qui n'a aucun plaisir de la vie, à deux de ses amies, dactylographes comme elle, à un voyageur de commerce sans grand avenir, à un commis de librairie qui a des lettres et à un idiot... Vous voyez que c'était bien ma destinée: elle a toujours eu quelque chose de médiocre et de raté!...

--Allons donc! votre réunion, je vous assure, n'avait rien de raté. Jamais je ne me suis senti dans une société plus agréable, ni plus jeune!

--Est-ce vrai? Est-ce bien vrai? Tant mieux alors! Vous reviendrez?

Et comme je le lui promis, il ajouta:

--Moi, je vais lire. Lire des vers. Les poètes de ma jeunesse. Je souffre d'une cruelle insomnie. Je ne m'endors jamais avant quatre ou cinq heures du matin. Mais qu'importe, n'est-ce pas? Avec de bons livres, ses souvenirs...

Il n'acheva pas, je vis dans son regard ému passer l'ombre légère de Françoise Chédigny. Au fond, n'était-il pas un peu amoureux d'elle?

Mais moi-même ne pensais-je pas, plus que de raison, à ses épaules rondes et grasses, à sa bouche rieuse et un peu grande et à ses yeux, si candidement ouverts, troubles comme de l'eau remuée, tandis que, butant un peu et un pauvre bougeoir de cuivre à la main, je descendais les marches de l'escalier d'or?

CHAPITRE XI.
Coup d'oeil général sur le passé.

"Qu'est-il arrivé de cette société? Faites donc des projets, rassemblez des amis, afin de vous préparer un deuil éternel! Chateaubriand.

A dater de ce jour, commença mon intimité avec M. Valère Bouldouyr et la petite société qui s'était réunie autour de lui.

Toutes les occasions étaient bonnes pour nous rencontrer, tantôt chez moi, tantôt rue des Bons-Enfants. Le plaisir que j'éprouvais dans leur groupe venait, je crois, de la liberté qu'on y respirait. Personne n'y montrait le moindre contrainte, et sans morgue, comme sans vanité, s'abandonnait aux mouvements d'une nature demeurée spontanée et parfois même puérile.

J'ai reçu du ciel le don d'inspirer la sympathie. Bientôt, Lucien Béchard devint un de mes amis les meilleurs. Il voyageait pour le compte d'une grande maison d'édition, et, de temps en temps, il s'en allait en province inspecter les librairies et leur offrir les dernières nouveautés de ses patrons. Il exerçait ce métier avec plaisir, et il y déployait une gentillesse qui l'aidait à y réussir. Il partait tantôt pour l'Auvergne, tantôt pour le Bourgogne, et je remarquai que, lorsqu'il était absent, Françoise Chédigny semblait moins heureuse. Une sorte de voile faisait ses yeux moins lumineux, - plus grave, son visage souriant. Il fallait le retour de Béchard pour qu'elle retrouve le secret de sa lumière et de ses expansions. Le remarquait-on autour de moi? Je l'ignore. En tout cas, rien n'eût paru plus naturel, car tout le monde adorait Lucien Béchard, et comment en eût-il été autrement? Avec son caractère imprévu, capricieux, sa gaîté naïve, ses sautes d'humeur, sa loyauté, il répandait autour de lui autant de confiance que d'agrément.

Quand je le voyais actif, passionné, plein de désirs, de projets et d'inventions délicates et burlesques, je me disais avec mélancolie qu'il était beau d'avoir vingt-cinq ans et de les avoir à sa façon.

Jasmin-Brutelier était plus sérieux et même un peu dogmatique. Il aimait les conversations suivies et méthodiques et parlait volontiers de politique et de philosophie avec une intolérance extrême. Mais nous excusions ses violences à cause de la générosité de ses théories. Il avait une de ces cultures, si fréquentes de nos jours et qui donnent facilement à ceux qui en sont victimes l'illusion néfaste qu'ils savent tout. C'était un camarade d'enfance de Béchard, lequel était fils d'un petit éditeur que Bouldouyr avait beaucoup connu et qui avait fait faillite en imprimant dans un moment d'enthousiasme, le _Jardin des Cent Iris,_ les _Essors vaincus_ et autres manifestations littéraires de ce genre. Pour Muzat, l'oncle Valère, comme nous l'appelions tous, l'avait rencontré par hasard, un jour où il s'était égaré, et l'avait adopté, un peu par pitié, un peu aussi à cause de la curiosité qu'il apportait aux oracles bizarres de cet innocent.

Tels étaient mes nouveaux amis; telle était la petite société où j'accoutumai de passer bien des heures. Elle est dispersée aujourd'hui, aussi loin de moi, aussi perdue dans le vaste univers que les fleurs, réunies par le caprice d'une saison, quand l'automne est venu, mais je n'y pense jamais sans un serrement de coeur, ni parfois, sans une larme. Il faut bien dire que j'en ai peu connu de plus propre à nous réconcilier avec l'humaine nature: chez ces petites gens, rien m'empoisonnait le plaisir de vivre; ni ambition démesurée, ni vanité, ni amour trop exclusif de l'argent, mais ce plaisir de vivre, il faut le dire, était rare et limité. Le travail constant, bien des soucis de famille ou d'établissement leur laissaient peu d'issues pour se réjouir; aussi chaque occasion de divertissement leur donnait-elle une vraie portion de paradis et la goûtaient-ils en connaisseurs. Et le meilleur à leurs yeux était de se réunir et de mettre en commun leur humeur du jour, grise ou dorée, - ou ces apparences de bal et de soupers que Bouldouyr leur offrait, afin que sa nièce Françoise eût sa part d'illusion, ou comme il disait dans son langage naturellement affecté, "montât quelques marches de l'Escalier d'Or"!

Je me souviens qu'un soir j'étais accoudé au balcon avec Mlle Chédigny. Dans l'intérieur de l'appartement, Bouldouyr récitait quelques vers des poètes de son temps à Béchard et à Jasmin-Brutelier, qui n'en comprenaient pas toujours le sens, mais qui n'eussent osé l'avouer pour un empire. La jeune fille regardait, au delà des toits d'en face, le soleil, avec ses rayons et ses écumes d'or, former une sorte de gloire qui descendait lentement, s'enfonçait dans le ciel.

--Que c'est beau! me dit-elle.

Puis elle soupira. Et comme je lui en demandais la raison, elle ajouta:

--Je n'aime pas me sentir heureuse. Quand je suis triste, je sens que cela passera, et cette pensée me donne du courage, mais quand j'ai du bonheur, je sais aussi qu'il va passer, et cela me désespère...

--Bah! votre bonheur n'est pas si grand que vous puissiez avoir peur pour lui!...

--Vous ne savez pas ce qu'il est pour moi, murmura-t-elle, et moi-même, je ne pourrais pas vous dire en quoi il consiste. Mais je le sens et cela suffit bien. Je voudrais que rien ne changeât. Auprès de l'oncle Valère, de tous nos amis, j'éprouve une telle paix, une telle sécurité que je me dis que cela ne peut pas durer. Si vous soupçonniez ce qu"est ma vie, vous me comprendriez! J'ai toujours été étouffée, comprimée, maltraitée. Je suis comme un prisonnier qui, de temps en temps, sortirait de son cachot pour se promener dans un beau jardin des Tropiques et qu'aussitôt après on replongerait dans la nuit... Je ne peux pas croire que j'échapperai un jour à mon destin véritable: le jardin des Tropiques me sera interdit, et je ne saurai plus rien de ce qu'on y voit! Il suffirait que mon père apprît un jour où je passe mes soirées pour que le cachot refermât pour toujours sa porte sur moi...

--Allons, ne vous effrayez pas, dis-je en riant, sans comprendre encore combien la pauvre enfant avait raison. Si on vous remet en prison, nous irons en chœur vous délivrer.

A ce moment, Lucien Béchard passa sa tête dans l'entrebâillement de la porte-fenêtre. Le soleil dora sa tête, ses favoris, ses cheveux, et il eut, un moment, l'air d'un personnage de flamme, qui venait nous emporter sur un char de feu, loin des geôles familiales et des pauvres tourbières de ce monde.

--Françoise, dit-il, vous nous abandonnez! Que deviendrions-nous, Seigneur, si notre Providence se retirait de nous?

CHAPITRE XII.
Les promenades de Lucien Béchard.

"Je crois que le spectacle du monde serait bien ennuyeux pour qui le regardait d'un certain oeil, car c'est toujours la même chose.
Fontenelle.

Je me doutais bien que Françoise Chédigny était en effet pour Lucien Béchard une Providence, mais il ne l'avouait pas, ou sinon, comme ce jour-là, en manière de plaisanterie.

Même à moi, il ne confiait pas ses sentiments, et cependant il m'aimait beaucoup et, souvent, sa journée finie, il venait me chercher.

Nous nous promenions le long des quais en remontant vers Notre-Dame. Au coin du Pont-Neuf, nous nous arrêtions toujours un moment pour contempler les lumières croisées ou contrariées du couchant, - quand le crépuscule était autre chose qu'une voile de cendres compactes. Nous aimions qu'un palmier, en cet endroit, érigé au-dessus d'une baraque de bains, ouvrît sur le ciel sa paume raidie, qui avait l'air d'un panache en fils de fer. Sa vue donnait généralement à mon jeune ami de grands désirs de vagabondage. Il avait dans la bibliothèque de sa chambre de nombreux récits d'explorateurs, et il parlait en connaissance de cause des Nouvelles-Hébrides ou de Singapore, de Pernambouc ou de la Cordillière des Andes. Les tournées qu'il faisait chez les libraires de province attisaient plutôt qu'elles n'apaisaient sa fringale d'espace. Et pourtant, elles éveillaient en lui tout un monde de pensées romanesques ou poétiques, dont parfois il me confiait l'écho.

Ses voyages le ramenaient périodiquement aux mêmes villes; il y voyait les mêmes personnes aller et venir dans un champ d'occupations identiques. Il ne les connaissait généralement pas, mais, à force de les perdre et de les retrouver, il finissait par les considérer comme des amis, dont le destin le tenait éloigné, mais auxquels il pensait souvent et avec une sorte de tendresse fantastique.

Par ses conversations avec les libraires, il apprenait souvent leurs noms, ou bien il leur donnait lui-même une appellation en rapport avec leur figure. D'autres fois, au contraire, leur situation lui offrait le loisir de les fréquenter, comme cette grande jeune fille, par exemple, dont les parents tenaient à Langres une hôtellerie, et qu'il comparait à Pomone, à cause de sa vénusté riche et tranquille, de sa peau lactée, semée de rousseurs et de son épaisse chevelure, couleur de maïs brûlé.

Je me demandais alors si Lucien Béchard avait pour Françoise Chédigny un sentiment plus vif que pour ces passantes qu'il rencontrait dans sa course et qui étaient à ses yeux comme les étapes d'un étrange voyage sentimental. Mais, comme il ne me parlait jamais d'elle, je supposais que le goût qu'il en avait était moins superficiel et moins cérébral. Je m'étonnais aussi qu'un simple voyageur de commerce pût avoir à sa disposition un aussi rare clavier d'émotions délicates et raffinées, mais depuis que je fréquentais le petit monde de l'oncle Valère, il me fallait bien reconnaître que ces émotions ne constituaient pas l'apanage exclusif d'une classe riche et oisive, mais se retrouvaient à bien des échelons de l'édifice social, d'autant plus naturellement d'ailleurs que le goût de la lecture, en se répandant chez des lettrés moins blasés, alimentait plus facilement leurs rêves. Aussi m'étonnais-je moins d'entendre Lucien Béchard me raconter, par quelque crépuscule, sous les grands arbres penchants du quai des Augustins ou dans l'île du Vert-Galant, une anecdote dans le goût de celle-ci:

--Je vous ai plusieurs fois parlé, vous rappelez-vous? de cette belle jeune femme aux yeux violets que je voyais souvent à Dijon et qui habitait une petite maison, non loin de l'hôtel de Vogue. Figurez-vous que je l'ai retrouvée, la semaine dernière, et à Bordeaux, au Jardin public. J'en ai été si troublé que je l'ai suivie. Vous savez l'émotion inexplicable que l'on éprouve, à croiser en voyage quelqu'un que l'on ne connaît pas et que l'on a aperçu dans un autre coin du monde. Elle entrait dans un hôtel. Le lendemain, je m'y installais à mon tour, et trois jours après, sachant son nom, je lui demandais un rendez-vous, en lui rappelant toutes les circonstances de nos précédentes rencontres, et même la couleur des robes qu'elle portait, ces jours-là, car j'ai une mémoire infaillible des frivolités. L'heure suivante, Mme Chataignères m'envoyait un bout de billet pour me dire qu'elle voulait bien me rejoindre sur le quai
 Louis XVIII . Elle m'y raconta qu'elle repartait le lendemain pour Dijon, qu'elle était veuve et qu'elle était venue à Bordeaux régler une affaire d'intérêt.

"-Votre lettre m'a bien amusée, me dit-elle, est-il possible que vous m'ayez remarquée à Dijon?"

"Je lui avouai que, sans même savoir son nom, je pensais souvent à elle, et que mon premier acte, en arrivant, était de rôder autour de l'hôtel de Vogue et de Notre-Dame, dans l'espoir de la rencontrer. Nous nous promenâmes longtemps sur le quai, admirant les belles figures qui animent de petits hôtels du XVIIIe siècle et les pointes effilées des mâts qui se détachaient sur un azur doré. Je lui demandai d'aller lui rendre visite à Dijon, mais elle prétexta que cela ferait jaser, qu'elle habitait avec une mère malade et scrupuleuse et qu'au surplus le charme de ces rencontres était justement qu'elles ne devaient pas avoir de lendemain."

--Et c'est tout? dis-je, un peu interloqué.

--C'est tout. Avant de me quitter, elle ôta ses gants, sur ma demande, et me les donna en souvenir d'elle. Quand je les regarderai et que je respirerai leur odeur rauque et douce, je reverrai la douce Mme Chataignères, avec ses yeux violets, - et aussi, toutes ces vergues minces qui se détachaient sur le soir lumineux!

Celui que nous regardions ne l'était pas moins. Des glacis verts et dorés moiraient et laquaient le Seine courante. Mille petites brisures écaillaient sa surface. A l'avant de l'île, un grand saule retombait, dont toutes les branches semblaient prises dans une matière fluide et multicolore, qui les vitrifiait en un dessin d'émail. Les bateaux-lavoirs, noirs et gris, derrière nous, avaient une couleur de tourterelle. Les premiers feux naissaient sur les rives et sur les ponts.

Et je me demandais une fois de plus ce qu'était Françoise Chédigny aux yeux de Lucien Béchard et si, après des mois d'intimité, il lui suffirait, en s'éloignant d'elle, d'emporter un bout de fausse dentelle ou une boucle de vrais cheveux. Mais elle, ne l'aimait-elle pas? Ne souffrirait-elle pas, si jamais elle s'apercevait qu'elle n'était pour lui rien de plus qu'une Pomone ou une Mme Chataignères? Et moi-même, ne me trompais-je pas? Que savais-je du vrai caractère de Lucien Béchard? Il ne lui manquait, sans doute, que de réaliser avec force un sentiment profond pour faire évanouir eux quatre vents le souvenir de ces émotions fugitives, qui amusaient son imagination sans pénétrer son coeur. Que de fois ne fus-je pas sur le point de lui dire:

--Françoise vous aime. Je vous jure qu'elle vous aime!

Mais la pudeur me fermait la bouche.

Rien d'ailleurs n'aurait pu empêcher la destinée de s'accomplir, et mon intervention n'aurait pas changé le cours des choses.

CHAPITRE XIII.
Qui pose un point d'interrogation redoutable.

"Que cet audacieux dédain de toute raison, ce brillant éloge de la folie, cette fougue de paradoxe préparent de revers à la parfaite sagesse, qui fuit toute extrémité!"
Renan.

Je devais aussi, à plusieurs reprises, recevoir les confidences de Françoise. Elle venait parfois me voir, en sortant du bureau où elle travaillait. Elle aimait à me dire diverses choses qu'elle cachait à son oncle, sans doute parce que l'exaltation de celui-ci et la tendresse qu'il lui manifestait ne lui permettaient pas d'entendre certaines vérités.

Un jour que nous causions ainsi, accoudés au balcon, regardant entre les charmilles jouer et courir les enfants, autour des kiosques et des pelouses, elle s'abandonna jusqu'à faire ces aveux:

--Il y a des jours où je regrette presque d'avoir rencontré l'oncle Valère. Peut-être aurais-je vécu, sans lui, tranquille et stupide, suivant ma vie. Mais où me mènera, comme il dit, son escalier d'or? Un de ces jours, mes parents vont me proposer quelque projet de mariage. Que répondrai-je? Autrefois, sans doute: "Oui!" sans chercher mieux, sans réfléchir... Mais aujourd'hui?... Il m'a ouvert une route que je soupçonnais à peine, il a donné à la vie, pour moi, un sens que je ne lui connaissais pas. Que de rêves romanesques, fous, irréalisables ne m'a-t-il pas mis dans l'esprit! Ces livres, ces fêtes, ces conversations, tant d'anecdotes étranges et charmantes qui lui reviennent à la pensée, tout cela, je le sens, me grise peu à peu. Il me semble qu'on peut ainsi s'entourer d'enchantements. Et puis, je rentre chez moi, je retrouve un intérieur modeste et morne, les soucis les plus ennuyeux, des parents maussades, uniquement occupés à se disputer sur les incidents de ménage, aucune liberté d'esprit, et je pense qu'il me faudra mener une existence pareille à la leur, et je maudis l'oncle Valère qui m'a permis d'entrevoir qu'il pouvait y avoir autre chose, - autre chose...

--Mais, Françoise, il n'est pas sûr que vous soyez contrainte d'épouser un parti proposé par vos parents.

--Qui alors, dit-elle en riant, un lord, un prince italien?

--Non, mais un gentil garçon, moins esclave de cette vie bourgeoise que vos parents, un être plus aimable, plus vivant plus aventureux! N'en connaissez-vous point?

--Ma foi, non, je n'en connais point!

Et ce fut moi qui n'osais pas insister.

A quelques jours de là, me trouvant dans la boutique de M. Delavigne, qui raccourcissait mes cheveux, je vis entrer

Valère Bouldouyr qui venait acquérir je ne sais quelle lotion. Il me serra la main, son flacon enveloppé, il s'en alla.

--Tiens, me dit le coiffeur, vous connaissez M. Bouldouyr maintenant?

--Mais oui, pourquoi pas?

--Vous ignoriez même son nom, il y a quelques mois. Pauvre M. Bouldouyr! Il n'a pas de chance avec son amie, vous savez, cette personne blonde, qui se promène à son bras dans le Palais-Royal. Elle a presque tous le soirs des rendez-vous avec un jeune homme à favoris dans les petites rues du quartier. Je les rencontre souvent en allant faire ma partie à _la Promenade de Vénus,_ ou bien quand j'en reviens. Ils rôdent autour des Halles, reviennent par la rue du Bouloi, la rue Baillif, la galerie Vivienne. Il y a là un tout petit café dans lequel ils entrent. Et pendant ce temps, l'honnête M. Bouldouyr garde à cette petite rouée sa confiance. Ma parole, il y a des moments où j'ai envie de tout lui dire...

Delavigne parlait ainsi, tandis que, plongé dans la cuvette, j'avais le chef oint et malaxé d'une main énergique. Je ne pouvais guère protester. Le shampoing fini, je me levai comme un Jupiter tonnant, et je fis descendre la foudre sur l'obscur blasphémateur:

--Monsieur Delavigne, si vous voulez conserver ma clientèle et celle de M. Bouldouyr, je vous conseille de tenir votre langue tranquille et de ne plus répandre ces calomnies. La jeune fille dont vous parlez si légèrement est la propre nièce de M. Bouldouyr, et ce jeune homme blond qui l'accompagne, son fiancé. Apprenez dorénavant à respecter les gens honnêtes.

--Je vous demande pardon, monsieur, je ne savais pas...

--C'est bien, monsieur Delavigne. Mais maintenant que vous savez, ne recommencez pas, je vous prie!

Majestueux et rasé, je sortis de l'étroite boutique. Mais j'étais moins satisfait que je ne le paraissais. Ce jeune homme blond, c'était sans doute Lucien Béchard; je n'en étais pas sûr cependant. Si c'était lui, pourquoi me cachait-il ses rendez-vous avec Françoise, et Françoise, elle-même, pourquoi me faisait-elle ces demi-confidences, puisqu'elle me dissimulait l'essentiel? En un mot, comme en cent, j'étais vexé. Je faisais la mine du tuteur dupé, et je ne me sentais pas d'âge à être traité en oncle gâteux.

Ma mauvaise humeur fut telle que je demeurai plusieurs jours sans monter chez Bouldouyr, ni répondre à un petit mot par lequel Béchard demandait à me voir. Achille, sous sa tente, ne se montrait ni plus susceptible, ni moins ombrageux que moi, mais du moins, lui avait-on ravi son esclave, - à moi qu'avait-on dérobé?

Je dois avouer cependant que mon ressentiment ne résista pas à la première visite de Mlle Chédigny. Quand elle m'apparut avec son regard humide de Naïade, avec son sourire clair et pur, avec ses cheveux aux mèches mal retenues, mes soupçons et ma méfiance s'évanouirent comme la poussière au vent.

--Hou! le mauvais ami! dit-elle. On ne vous rencontre plus! Que devenez-vous?

J'objectai des courses importantes chez des librairies, un petit voyage en province, un rhume. Pour mieux mentir, pour m'innocenter à ses yeux, je me fusse paré du mariage d'un cousin, de la mort même d'un oncle!

--Et pourtant, me dit-elle encore, j'avais tant envie de vous voir! Vous m'avez donné un tel courage, il y a quinze jours! Oui, je crois maintenant que je peux rencontrer le mari qui me délivrera de l'oppression des miens, celui qui aimera ce que j'aime, ce que l'oncle Valère m'a révélé, celui qui me conduira à la terre promise... Oh! monsieur Pierre, si cela pouvait être vrai!

--Lucien a parlé, me dis-je.

Je me représentai le couple errant dans les demi-ténèbres du soir; suivant la rue Baillif, la rue du Jour, la rue du Bouloi, s'arrêtant devant la _Promenade de Vénus,_ entrant enfin dans un humble café de la galerie Vivienne. Ici, sont les ténèbres, à peine touchées d'un peu de lumière artificielle, qui glisse sur une porte, ourle un trottoir; une blanchisserie tiède, où un bras nu, hors de tant de linges répandu, d'une joue rouge approche un fer; une épicerie, avec ses sacs accroupis comme des Turcs qui dorment, enturbannés; un modeste auvent où sont les fleurs, fatiguées du jour, sur des lits de fougères; et là, c'est l'intimité, la confiance, la vie abordée à deux, comme la côte que l'on gravit légèrement, parce qu'on s'appuie l'un au bras de l'autre, c'est le royaume de la foi complète, sans fausse lumière, ni froides ombres.

--Il me semble parfois, reprit Françoise, naïvement, que jamais aucune femme n'a eu, autant que moi, le désir d'être heureuse.. Mais le serai-je? Je rêve bien souvent, monsieur Pierre, que j'entre dans une belle propriété, dans un grand parc. Tantôt, je vois une succession d'étangs, de bassins immenses, dont on ne distique pas les rives et qui sont séparés par des digues de pierre et traversés par des ponts de marbre, tantôt des allées énormes, plantées d'arbres en fleurs des arbres des Tropiques, que je n'ai jamais vus. Il fait toujours à demi-obscur, humide et chaud. Des brouillards lourds montent du sol, qui, en s'écartant, me montrent des objets jusqu'alors cachés: une pagode, avec des sonnettes qui carillonnent, un pavillon où j'entends de la musique, une orangerie avec des grenadiers et des cyprès, couverts de fruits d'or. Enfin, j'approche du château, qui est toujours magnifique, précédé d'un grand parterre de roses, j'étends la main pour en cueillir une, et, au moment où je vais la saisir, je me réveille, si triste et si bouleversée que j'éclate en sanglots.

Malgré moi, je me laissai impressionner par le récit de Françoise, mais je la grondai de se montrer aussi superstitieuse. Je lui prouvai que nos songes portent l'empreinte de nos craintes, mais non la forme de notre avenir. Et je redoublai d'éloquence à mesure que je voyais la gaîté renaître sur le visage de l'enfant.

Elle avait jeté son grand chapeau blanc sur un fauteuil, toute sa jeunesse riait à travers elle, comme le soleil dans le feuillage d'un arbre. Ses cheveux lourds, d'où glissaient quelques boucles rebelles, avaient des reflets d'or rose.

Elle se jeta dans mes bras en s'écriant:

--Même si je vous déçois, un jour, monsieur Pierre, promettez-moi de ne pas m'abandonner!

Et comme elle posait sa tête sur mon épaule, j'appuyai mes lèvres sur son front; mais jamais je n'eus une aussi grande crainte de faire une erreur de direction.

CHAPITRE XIV.
Dans lequel Valère Bouldouyr perd quelque peu de sa personnalité.

"C'est que nous ne périssons même pas en qualité d'originaux, mais seulement comme copies d'hommes disparus depuis longtemps qui nous ressemblaient en corps et en esprit, et qu'il naîtra après nous des hommes qui auront encore le même air, les mêmes sentiments et les mêmes pensées que nous, et que la mort anéantira aussi.
  Henri Heine.

Il m'arrivait souvent, l'après-midi, de monter chez Valère Bouldouyr. J'aimais à lui faire évoquer les fantômes de sa jeunesse; il me parlait des poètes qu'il avait connus et dont il était fier d'avoir serré la main. Il me répétait sans fin les propos que Stéphane Mallarmé avait tenus devant lui, dans cette petite salle à manger de la rue de Rome, célèbre aujourd'hui. Il me dépeignait aussi Verlaine, assis dans un coin de café, engoncé dans son cache-nez rouge, avec son visage de Gengis-Khan, traversé d'éclairs mystiques. Il avait croisé, un jour, au seuil d'une revue, Laforgue, frêle, pâle et délicat comme le spectre de son propre Pierrot. A maintes reprises, il avait rendu visite à Léon Dierx, affable, mais lointain et cérémonieux, à demi aveugle déjà, et qui le recevait avec dignité dans un petit salon, aux murs duquel flambaient deux fêtes galantes de Monticelli.

Mais c'était surtout de Justin Nérac que Valère Bouldouyr me parlait. A force de me le dépeindre, il finissait par lui rendre une existence véritable; j'en arrivais à penser à lui comme à quelqu'un que je connaissais, que j'avais fréquenté et presque aimé. Valère vivait à la lettre avec son souvenir. A l'entendre, Justin Nérac avait eu une sorte de génie, comme tant d'autres êtres, hélas! qui ne l'ont pas manifesté davantage et qui ont emporté dans leur mort prématurée des projets sans nombre et l'illusion de leur grandeur méconnue.

Je vis un portrait de ce Justin Nérac: une longue figure chevaline, avec des joues rebondies et molles d'enfant, un regard de myope, un énorme front bombé, traversé par une mèche de cheveux mal alignée.

J'appris par Bouldouyr qu'il était d'une taille démesurée, qu'il marchait en vacillant un peu, comme si une tête trop lourde, sur son long corps maigre, allait l'emporter à terre, et qu'il était si bon et si timide que tout le monde abusait de sa douceur, de sa faiblesse et de sa bienveillance.

--Je vous ai parlé souvent de Nérac, me dit un jour Bouldouyr, mais, au fond, vous ne le connaissez guère. Je vais donc vous prêter quelques-unes de ses lettres; vous les lirez et vous comprendrez alors mes regrets et mon désespoir.

J'emportai chez moi une liasse de papiers à peine jaunis. Les lettres de Justin Nérac étaient curieuses, en effet; je compris que l'ami de Valère Bouldouyr était un de ces hommes qui mettent dans leur conversation et dans leur correspondance ce qu'ils n'auraient jamais la force, ni la patience d'exprimer par une oeuvre durable et qui donnent à ceux qui les entourent l'illusion d'un grand esprit, parce que cette illusion est plus sensible dans une présence vivante qu'en un froid et volontaire volume, incorruptible témoin des pensées de son auteur.

Je recopiai quelques-uns des fragments les plus significatifs de ces lettres, et je les cite ici; elles contribueront à éclairer, par réverbération, la physionomie de Valère Bouldouyr.

Paris, 27 octobre 1887.

Mon cher Valère,

_J'ai passé hier une journée mélancolique à regarder tomber les dernières feuilles des arbres dans mon petit jardin. Il faisait un temps un peu gris, comme je les aime; pas de pluie, mais un ciel très bas et couleur de tourterelle, de rameau d'olivier, de perle, que sais-je encore?

Tu sais que j'ai toujours eu beaucoup de goût pour ce genre d'occupations et quelques autres du même style. Je serais bien capable, comme ce délicieux personnage du "Misanthrope", qui ressemble déjà à un héros de Musset, de passer mon après-midi à cracher dans un puits pour faire des ronds dans l'eau. Je sais aussi jouer au bilboquet, susciter d'interminables ricochets ou gonfler des bulles de savon, irisées et lourdes comme des vessies de rêves. Et je regrette que les circonstances ne me permettent plus de lâcher dans le ciel ces cerfs-volants que célèbre un vers de Coppée.

Or, j'ai cru longtemps que ces diverses manifestations de mon activité témoignaient d'un irrésistible penchant à la poésie; mais c'est là, mon cher ami, une grossière erreur. Les vrais poètes ne font rien de tout cela, mais ils travaillent et ils enferment dans une forme savante des émotions qu'ils n'ont pas toujours, tandis que nous, pauvre Valère, nous les ressentons, mais nous ignorons l'art de les exprimer. Nous allons, nous venons, nous fumons, nous flânons, nous causons, nous parlons du but de l'art, nous cueillons de boutons d'or et des millepertuis, nous sommes amoureux de simples filles à qui nous offrons des galanteries exquises et que nous traitons en reines de Saba, sans voir que leurs diamants sont du strass, nous nous comparons mentalement à Virgile, à Tibulle, à Théophile de Viau, à Aloysius Bertrand; en un mot, nous pêchons, ou mieux, nous cherchons à pêcher la lune! Mais nous ne sommes pas des poètes, mon cher Bouldouyr, nous sommes des rêveurs, c'est-à-dire des paresseux.

Voilà ce que j'ai découvert hier, en regardant tomber mes feuilles; elles étaient bien jolies, roses, violettes, dorées, sous ce ciel gris comme une fumée de cigarette. Mais, quand elles s'entassaient dans un coin du jardin, elles devenaient brunes, sales noirâtres, pourries. Ça faisait un assez vilain spectacle...

Pas des poètes, mon bon Valère, des abstracteurs de quintessence, des fainéants! N'est-ce pas que c'est à se briser la tête contre un mur?..._

Albi, 30 septembre 1889.

Me voici depuis huit jours dans ma ville natale, mon cher ami, et déjà je brûle de m'enfuir; le paysage est beau, cependant, et quand je regarde les jardins croulant de l'archevêché, les eaux épaisses et compactes du Tarn, couleur d'angélique, et les petits moulins qui détachent sur elles leurs silhouettes vieillottes, je retrouve mes plus heureuses impressions d'enfance; elles se rabattent sur moi, chaudes et douillettes comme la pèlerine à capuchon que je portais quand j'allais au Lycée! Mais, au milieu des miens, je me sens aussi étranger que si je venais de tomber en terre laponne. La misère de leurs pauvres existences me donne de véritables nausées. Leur vie s'écoule sans douleur, ni joie dans un pêle-mêle d'intérêts puérils, de calculs dérisoires, d'âpres disputes. Rien n'existe pour eux hors de leurs mornes combinaisons et de leurs potins stupides. Mon beau-frère, Gaillardet-Pomponne, ne pense qu'à la chasse; mon beau-frère de Figerac-Lignac, qu'à accroître ses terres, et mon frère Eudoxe se meurt d'envie, de méchanceté et d'intrigues mal ourdies. Quand ils sont tous réunis et que je les écoute, il me vient une véritable sueur d'angoisse. Je souffre de ce qu'ils disent, de ce qu'ils pensent, comme je souffrirais de leur arrestation, de leur condamnation par une cour d'assises; j'ai honte pour eux de leurs propos, de leurs désirs, comme si les anges nous jugeaient. Se peut-il que le même sang coule dans mes veines et dans celles de mes soeurs? Oh! m'en aller d'ici, être seul, ne plus rien écouter ou me promener avec toi, tranquillement, sur les quais de Paris, m'attarder au Vachette ou au Procope, me cacher n'importe où, mais ne pas rester dans ma famille à entendre parler d'argent, d'argent, toujours d'argent!

Paris, 2 mars 1895.

_Imagine-toi qu'il m'est venu, hier, mon cher Valère, le plus extraordinaire sujet de roman qui se puisse voir. Si j'avais quelques loisirs, comme je serais heureux de l'écrire! Mais, hélas! quand donc aurai-je quelques loisirs? Enfin essaie de te représenter l'histoire d'un homme qui ferait toutes les nuits le même rêve, ou plutôt qui aurait en songe une vie aussi logique, aussi continue, aussi évidente que la nôtre. Le jour, il serait comme toi et moi un petit employé de ministère, mais, les paupières closes, il se retrouverait grand seigneur à la cour d'Angleterre, dans les dernières années du XVIe siècle ou les premières du XVIIe. Il connaîtrait le luxe et l'opulence, il aurait des aventures, des amours, des amitiés célèbres; il vivrait dans l'intimité de la comtesse de Bedford,

de la comtesse de Suffolk, de lady Susan Vere, de lady
Dorothy Rich, de lady Walsingham, de la comtesse de
Northumberland, il fréquenterait sir Walter Raleigh, il irait à
la _Mermaid_ boire avec Shakespeare et Ben Jonson, il
assisterait à ces _masques_ qui faisaient alors la joie des
courtisans et prendrait même sa part de tant d'allégories
mythologiques, qui mêlaient au monde des vivants celui des
entités et des dieux. Au milieu des Heures, vêtues de taffetas
noir et constellées d'étoiles, entre la Fantaisie, qui a des ailes
de chauve-souris et des plumes de toutes les couleurs, et
l'Éternité qui porte une robe tricolore, longue comme les
siècles, il représenterait tour à tour le Temps, le Sommeil,
Hespérus et Prométhée. Puis le jour venu, il reprendrait sa
triste place au ministère entre toi, Lardillon, Tubart,
Cacaussade et moi. Peux-tu te représenter à la fois l'orgueil,
l'humiliation, l'apothéose et la déchéance de ce malheureux?
Il en arriverait, bien entendu, à croire que sa vie réelle est à
Londres et que, chaque jour, le même cauchemar le ramène à
Paris, dans un bureau de ministère. D'ailleurs quelle preuve
aurait-il qu'une de ses existences est plus authentique que
l'autre, sinon parce qu'elle a commencé plus tôt?

Je ne sais encore comment se terminera mon histoire:
peut-être par le suicide de mon héros. Un jour, brusquement,
sans motif appréciable, il cessera de rêver. Alors il ne pourra
plus supporter cette misérable vie que nous menons, une
fois privé des compensations que chaque nuit lui apportait.

Mais quand aurai-je le temps d'écrire? Les années passent, passent, et tout s'en va en projets, en velléités, en brouillard..._

Sanary, 16 août 1897.

_Je vieillis, je vieillis, Valère, c'est affreux à dire. Je ne sais ce que je vais devenir, mais cela me fait peur. J'étais à la campagne, hier soir, chez un ami, par la plus belle nuit du monde, assis sur un vieux banc de pierre, encore tiède de la chaleur du jour, au pied d'un cyprès énorme. La nue était pâle; le croissant de lune qui s'abaissait à l'horizon avait tant d'éclat et de relief qu'on aurait pu le toucher de la main. Un vent vague et doux se roulait dans les arbres; on entendait des cors qui jouaient faux, puis ce sifflement infatigable que font, je crois, les courtilières. Et je me souvenais des émotions où une pareille nuit m'eût jeté dans ma jeunesse: une ivresse désespérée, le désir de se perdre en sanglotant dans l'amour d'une femme, de se rouler par terre, de s'anéantir et de se confondre avec la nature, une mélancolie effrénée d'homme primitif, troublé par le voisinage de Dieu. Mais, hier, tout au contraire, je n'éprouvais rien qu'une paix légère et un peu ennuyée, je reconstruisais par le souvenir ces délires de ma jeunesse, et je les jugeais factices et puérils. J'en souriais même, je ne désirais rien, je ne souffrais pas, je ne regrettais plus. Je me plaisais à mon indifférence, je m'estimais d'avoir l'esprit assez lucide pour bien comprendre la cause de ces enthousiasmes et de ces ardeurs.

Et puis, soudain, je me suis dit: "J'ai perdu le pouvoir divin! Que m'importe cette raison dont je suis sottement fier, cette maîtrise de moi-même, cette modération, cette sagesse étriquée! Ce qui était beau, ravissant, c'était de sentir aussi furieusement, d'être ému, de pleurer, de se tordre d'amour en appelant Sémiramis, Ophélie, Diane de Poitiers, la fille du jardinier, ou même la mort, parce que la mort, c'est encore une femme... Quand je possédais tout cela, j'étais un millionnaire; aujourd'hui, avec ma mesure, mon ordre, ma clairvoyance, je suis devenu un mendiant!

Je n'ai pu dormir de toute la nuit; je me levais de temps en temps, je me regardais dans une glace; il me semblait que, sous mes yeux, je voyais mes tissus vieillir, s'user, mes cellules, mes cheveux grisonner. J'aurais tout donné, mon bon ami, pour retrouver cette frénésie, dont j'avais fait fi d'abord; mais que peut-on donner quand on n'a plus rien?_

Pau, 2 avril 1899.

_Hélas! non, mon cher Valère, je ne vais pas mieux. Mes crises augmentent et deviennent de plus en plus douloureuses. Je lis entre les paroles réservées des médecins qu'ils me considèrent comme condamné. Je n'affecterai pas avec toi, mon meilleur ami, un stoïcisme que je n'ai guère; Je mourrai, certes, sans plainte, mais non pas sans regret. Il est impossible d'imaginer, avant d'en être réduit là, la figure que prend la mort, lorsqu"au lieu de nous apparaître très loin, au bout de la vie, comme une chose inconcevable, on s'aperçoit tout à coup de sa présence à nos côtés. Je pense à elle nuit et jour. Chacune des émotions agréables que me donne encore la vie m'arrache ce cri: "Et cela aussi, il me faudra le quitter!" Et ces émotions deviennent aujourd'hui si nombreuses que cette vie elle-même, que je jugeais médiocre, me semble un lieu de délices.

Si j'avais rempli la mesure exacte de ma destinée, je mourrais avec moins de tristesse. Mais je n'ai rien été, et je ne laisserai rien derrière moi: ni oeuvre, ni enfant, rien qui porte le témoignage que j'ai appartenu à ce monde. La paternité est une belle chose, moins belle cependant que la gloire. Ah! Bouldouyr, s'en aller ainsi tout entier, et encore jeune, quelle misère! Être un de ces morts anonymes que l'on oublie le lendemain de leur trépas et n'avoir même pas la satisfaction de se dire que l'on revivra dans l'herbe et dans les fleurs, puisque, dans notre absurde pays d'Occident, on isole les cadavres derrière des planches, comme des marchandises de luxe, au fond de caveaux ridicules qui les séparent de la nature!

Entre un homme qui voit la fin devant soi, toute proche, et celui pour qui elle est encore lointaine et irréalisée, entre toit et moi, il n'y a plus aujourd'hui de langage commun; je suis entré déjà dans la solitude effroyable de la mort. Les paroles humaines commencent à perdre tout sens pour moi, et cependant je suis plus que jamais avide d'en entendre d'affectueuses et de consolantes. Écris-moi encore, écris-moi souvent, mon cher Valère; j'essaierai de te comprendre une dernière fois..._

Quand je rendis ce paquet de lettres à Valère Bouldouyr, il me dit que la lettre de Pau était la dernière, en effet, et que son ami était mort quinze jours après.

Il ajouta sentencieusement:

--Avez-vous jamais rien lu d'aussi beau?

--N..., non, murmurai-je, interloqué par la naïveté d'une telle question.

Mais je compris aussitôt que Valère Bouldouyr ne trouvait aussi belles ces quelques lettres que parce qu'elles reflétaient sa vie intime, à lui, tout autant que celle de Justin Nérac.

CHAPITRE XV.
Ici M. Valère Bouldouyr se peint au naturel.

"C'est une antipathie naturelle que j'ai pour les croisades, et cela dès mon enfance. Je hais Don Quichotte et les histoires de fous; je n'aime point les romans de chevalerie, ni ceux qui sont métaphysiques; j'aime les histoires et les

romans qui me peignent les passions et les vertus dans leur
naturel et leur vérité.
 Mme Du Deffand."

Quand un écrivain réalise son oeuvre, son imagination suit
une pente naturelle; aussi lui est-il aisé de vivre dans un
bonheur relatif. Mais chez celui à qui le destin a refusé le
pouvoir extraordinaire de l'expression, l'imagination
fermente et stagne sur place, l'empoisonnant peu à peu,
viciant les sources de son émotion.

Jamais cela ne me parut plus évident que certain soir, où
Valère Bouldouyr me demanda de dîner avec sa nièce.
Comme nous étions tous les trois seuls, il s'abandonna
librement à sa verve, et j'eus alors l'occasion de constater à
quel point mon pauvre ami avait une fêlure - ou qui sait? une
étoile! - dans le cerveau.

Il me parut très surexcité quand j'arrivais chez lui.
D'ailleurs, l'odeur qu'il dégageait et la vue d'une bouteille
sur un guéridon m'eussent révélé, si je ne l'avais pas
soupçonné déjà, que le vieux poète ne dédaignait pas de
demander des secours à celle que Barbey d'Aurevilly
appelait la _Maîtresse rousse._ Aussi commença-t-il
immédiatement à s'attendrir et à exalter. Il tournait en rond
dans ses minuscules pièces et, de temps en temps, s'arrêtait
pour jeter un coup d'oeil de satisfaction sur la table déjà

dressée et sur les quelques vases où trempaient de grêles glaïeuls.

L'arrivée de Françoise acheva de le griser. Elle était d'ailleurs plus charmante que d'habitude. Ses yeux, d'un beau vert jaune, riaient, et les mèches déroulées et luisantes de sa chevelure d'or brun lui donnaient, une fois de plus, l'air d'une fraîche naïade, qui sort matinalement de quelque lac, encore inconnu aux mortels.

Des truites saumonées, montées toutes chaudes du restaurant d'en face, un pâté onctueux, acheté avenue de l'Opéra, et une salade russe composée et préparée par Bouldouyr lui-même, composaient notre festin.

Je ne crois pas avoir jamais vu une physionomie plus heureuse que celle de Valère, ce soir-là. A tout instant, il me prenait la main et la serrait avec énergie, ou bien, s'emparant, par-dessus la table, de celle de Mlle Chédigny, il la baisait passionnément.

--Ah! disait-il, y a-t-il un plus grand bonheur au monde que d'être enfermé chez soi, avec des gens que l'on aime, et de partager ces trésors de l'intelligence et de la sensibilité, qui sont le prix de notre vie! Le ciel est noir, il va pleuvoir tantôt, sans doute, mais qu'importe! Qu'importe le tonnerre, la grêle, la neige, même (il ne risquait pas grand'chose à la narguer, par cette lourde soirée de juin). Je me sens libre et gai, aujourd'hui, comme un adolescent. Il me semble que j'ai vingt ans, tout l'avenir devant moi et que, cette fois-ci, la vie tiendra enfin ses promesses. Ah! Françoise, si je t'avais rencontrée à l'aube de ma destinée, que n'eussé-je accompli pour toi! Tu m'aurais donné le courage, que je n'ai pas eu, et le Walhall m'est demeuré fermé. - A ta santé, Françoise! A la vôtre, mon bon Salerne!

Il buvait beaucoup, sa nièce l'imitait, et ses yeux de plus en plus brillants, ses rires nerveux, me révélaient qu'elle était prête à suivre fidèlement son oncle dans le monde funambulesque de sa fantaisie.

--Depuis la mort de mon pauvre Justin, dit-il, je n'avais pas connu des heures pareilles! Quand il vivait, nous passions souvent toute la nuit à causer. Nous nous plaisions à nous raconter les mille incidents d'une vie imaginaire, dans un intarissable dialogue. Je m'asseyais à un coin du divan, Nérac, à l'autre, et nous commencions ainsi:

"-Je suis le sultan Haroun-Al-Raschid.

"Et Justin Nérac, me répondit:

"-Et moi ton premier vizir!

"Et le colloque continuait en ces termes:

"-C'est la nuit, je sors secrètement de mon palais, je me faufile le long des rues obscures.

"-On dirait qu'on a mis la nuit au frais dans un vaste seau où trempe un glaçon...

"-La lune, en effet, fond lentement au-dessus des palmiers qui s'égouttent... On entend, au loin, aboyer de petits chacals.

"-Les souks sont fermés; quelques bons Arabes dorment accroupis au pied des maisons, pareils à de gros tas de sel...

Il fallait entendre Valère mimer la conversation, imiter la voix rocailleuse et sonore de Nérac, certes, sans arrière-pensée de moquerie, mais parce qu'il avait gardé le souvenir précis de son timbre. Il fallait l'entendre nous raconter l'enlèvement d'une jeune fille par un cavalier, la surprise de Justin Nérac reconnaissant en elle la personne dont il était justement amoureux, leur irruption à tous deux dans un caravansérail plein de chevaux, leur poursuite éperdue à travers la ville, puis dans le désert... Ou bien, il était empereur de la Chine, grand seigneur à la cour des Valois, légionnaire romain, poète romantique; et toujours d'extraordinaires aventures lui survenaient!

Le bon Bouldouyr rougissait, s'animait. J'avais peine à croire que, de l'autre côté de la rue, se trouvât mon modeste intérieur, que la jeune fille qui l'écoutait fût une pauvre dactylographe. Je courais derrière Valère de siècle en siècle! Une existence entière vouée à lire des vers, des romans, des mémoires historiques, semblait crever par places et laisser entrevoir de grands morceaux de rêves irréalisées, comme l'on découvre parfois, pris dans la vitrification d'un glacier, un cadavre qui y séjournait, intact, depuis des années.

Je ne sais si Françoise Chédigny pouvait suivre son oncle dans cette orgie de souvenirs imaginaires. Je crois que la plus grande partie de ses discours lui échappait, mais le peu qu'elle en comprenait devait lui monter au cerveau, en bouffées romanesques, plus sûrement encore que le vin mousseux qu'elle buvait dans un verre de Venise dépareillé, que Justin Nérac avait légué à son ami avec le secrétaire de marqueterie et la commode Louis XVI.

Et comme si Bouldouyr eût craint que sa nièce ne participât point suffisamment à la fête spirituelle qu'il lui donnait, il se tourna vers elle et s'écria comme un vieux fou qu'il était:

--Ah! Françoise, je ne me console pas de penser à la pauvre existence que tu mènes et que tu es condamnée sans doute à mener toujours! Jamais je n'ai autant souffert de ma misère! Je voudrais avoir de l'argent à te laisser, beaucoup d'argent! Je voudrais que tu fusses riche, puissante, adulée, que tu jouisses de tout ce qui fait la vie digne d'être vécue: l'amour, la fortune, le plaisir. Ceux qui ont comme toi la beauté, la jeunesse, l'esprit, ne méritent-ils pas de posséder ce monde qui est créé pour eux? Moi, j'ai souffert affreusement, misérablement, de ma médiocrité, de la médiocrité dans laquelle je suis né, dans laquelle j'ai vécu, dans laquelle je vais mourir, mais j'avais mon imagination pour lui échapper, j'avais quelque part dans un coin de ma maison une petite porte qui ouvrait sur l'écurie de Pégase... Oh! c'était un pauvre Pégase, un Pégase à demi boiteux: n'importe, c'était lui encore et je l'enfourchais, et nous nous allions tous deux loin, loin, bien loin... Ah! quel beau temps c'était!

Il cessa de parler, ses yeux se fermèrent à demi. Où regardait-il et que voyait-il?

J'aurais voulu savoir, - et je ne l'ai jamais su, - en quoi consistait cette rêverie qui avait consolé Bouldouyr. Cette croyance à sa propre imagination ne constituait-elle pas le plus clair de cette imagination? Des lectures, de vagues rêveries, d'interminables conversations avec Justin Nérac, voilà, je pense, quelle avait été cette part de songe que Bouldouyr jugeait si belle. Mais peut-être aussi avait-il éprouvé des délices inconnus, l'influence d'une magie secrète que je ne pouvais même pas entrevoir! En ce cas, j'étais bien forcé de reconnaître combien un pauvre bonhomme comme lui, un raté, m'était encore supérieur, et j'acceptais docilement cette leçon d'humilité.

Valère Bouldouyr s'était levé; il fit quelques pas dans la pièce en chancelant un peu, et, comme Françoise le suivait, il la prit par la taille et l'entraîna jusqu'à la fenêtre. Au-dessus de ma maison, quelques étoiles très pâles apparaissaient. Le vieux poète les regarda:

--Croyez-vous, Pierre, me dit-il, qu'on souffre, qu'on désire, qu'on rêve là-haut comme ici? Est-ce que, d'astre en astre, des êtres identiques éprouvent les mêmes vanités? A quoi bon alors? Je veux croire que, dans ces mondes scintillants, on obtient ce que l'on a inutilement espéré ici-bas. Ainsi, Françoise, dans une de ces planètes, quand tu seras immortelle, tu vivras dans un enchantement perpétuel, et belle comme Cléopâtre, célèbre comme Valentine de Pisan, tu improviseras les plus beaux chants du monde, devant un auditoire de poètes qui baiseront tes pieds nus.

--Vous y serez, mon oncle?

--Si, j'y serai! Tiens, d'ici, en regardant bien, Françoise, tu pourrais distinguer ma place, là, dans ce coin à gauche? La vois-tu? Et je n'y serai pas seul! Tous mes bons camarades, les symbolistes, y seront avec nous. Car on peut bien nous adresser toutes les critiques qu'on voudra, ce qu'on ne nous contestera jamais, à mes amis et à moi, c'est d'avoir aimé la poésie plus que tout!

Françoise, troublée par tant de paroles, laissa tomber sa tête blonde et décoiffée sur l'épaule de son oncle et demeura ainsi, sans parler.

--Pauvre petite! Murmura-t-il.

Ils revinrent à pas lents vers la table; Bouldouyr s'assit lourdement et remplit de rhum un verre à bordeaux.

--Ne buvez plus, mon oncle, dit-elle.

--Si, si, dit-il, j'ai besoin de boire aujourd'hui. Les anciens appelaient cela le Léthé, je crois. Mais il suffisait d'en avoir goûté une fois, et la vie terrestre était oubliée. Moi, j'ai beau boire, je vois toujours la vie terrestre sous mes yeux: la vie terrestre! Cela tient du lazaret et de la ménagerie, de la fosse commune et du marché d'esclaves... Pouah!

Je fuis et je m'accroche à toutes les croisées!

Mais toi, toi, Françoise, que vas-tu devenir là-dedans!

A ce moment, Françoise Chédigny consulta sa montre:

--Il est onze heures, mon oncle! Laissez-moi m'échapper bien vite! Que dirait-on chez moi si j'étais en retard!

Elle mit son chapeau en toute hâte et s'élança vers l'escalier. Nous l'entendîmes encore crier de marche en marche:

--Bonsoir, mon cher oncle! Merci, merci!... A bientôt!

Je regardai Valère Bouldouyr tassé sur sa chaise, les yeux injectés de sang, le visage enflammé.

--Salerne, me dit-il, d'une voix rauque, j'ai menti toute la soirée, menti pour amuser Françoise. Mais elle sait que je lui ai menti. Et je me suis menti de même tout le long de mes

105

jours. Chacun de nous en fait autant. Je crois que, si nous avions, une fois, le courage de nous dire la vérité, sur nous-mêmes et sur la vie, nous nous réduirions aussitôt en poussière, à force de honte et de désolation.

CHAPITRE XVI.
La dernière fête.

"Nous nous taisions. Parfois un craquement dans un verger, c'était une branche de prunier surchargée, qui cassait, c'était cent jeunes fruits voués à la mort. Parfois un cri dans un sillon, c'était la musaraigne saisie par la chouette. Une étoile filait. Toutes ces petites caresses d'une mort puérile, ou d'une mort antique et périmée, flattaient notre coeur et lui donnaient une minute son immortalité."
Jean Giraudoux.

Je devais une fois encore assister à l'une des fêtes de mon ami M. Bouldouyr, et comme ce fut la dernière, elle a laissé dans mon esprit un souvenir ineffaçable.

Nous croyons, en général, que nous n'avons aucune prescience de l'avenir; mais, si nous réfléchissions mieux, nous nous rendrions compte que, sans savoir exactement ce qui va nous arriver, nous avons, à certains moments de notre destinée, une sorte de pressentiment, non une vision précise et limitée, mais une sensation confuse, indéfinie comme une ombre, intense, pénétrante, de certains états d'esprit, que les circonstances vont bientôt développer en nous.

S'il en était autrement, pourquoi aurais-je ressenti une telle mélancolie en entrant dans le petit appartement de mon vieux poète, pourquoi une impression de tristesse aussi morbide, aussi continue, m'aurait-elle accompagné durant ces heures nocturnes, - et pourquoi chacun de nous semblait-il mal à l'aise, troublé, frémissant, au lieu d'éprouver l'aimable et puérile gaîté que nous manifestions d'habitude dans ces invraisemblables réunions?

Nous étions aux derniers jours du printemps. Après des giboulées tardives, des orages intempestifs, venaient soudain des journées lourdes, égales, brûlantes. Déjà, aux fleurs à peine nées des avenues succédaient des feuilles roussies, déjà, au plaisir printanier de vivre une torpeur angoissée une indifférence animale et presque hostile.

Je revois la petite pièce où Valère avait dressé le souper, avec sa table servie, ses argenteries, ses candélabres blancs et les bouteilles d'Asti dans un coin, - je revois les livres de Valère, ses chers livres bien rangés sur une étagère, et au-dessus, dans un cadre de chêne, une eau-forte d'Odilon Redon, qui montrait un Pégase blanc se débattant dans une mer de ténèbres, je revois les fleurs qui s'épanouissaient dans chaque vase, - jamais il n'y en avait eu autant, - ces roses sans regard et qui ne sont qu'une bouche ouverte et pâmée, ces lys alourdis, qui vous contemplent du haut de leurs pistils d'or, avec une ineffable pitié, ces hortensias stérilisés dès leur naissance, ces iris sortis d'une armurerie, tous ces lilas. Bouldouyr se doutait-il, lui aussi, que c'était la dernière fois?

Et je le revois, lui-même, avec sa robe de chambre bariolée et ses larges conserves d'écaille, son air de magicien et de bourgeois de Chardin, et je revois le petit musicien italien, zézayant et timide, tout basané sous ses cheveux blancs, et nous tous, enfin...

On dansa peu; il faisait chaud. Chaque couple causait, et Valère, ouvrant un livre, me montrait du doigt un vers de Samain, un vers d'Albert Saint-Paul, le violon disait ces choses tristes qu'on imagine entendre, dans un pavillon de Vienne, devant une archiduchesse poudrée et qui va devenir cendre.

Nous passâmes à table; la conversation était lente, incerta ine, gênée; on s'adressait moins à son voisin, à sa voisine, qu'à un autre soi-même, qui aurait été là, invisible, faisant figure de double, de fantôme, proposant un intersigne ou une énigme. Parfois, une rose s'effeuillait sur la table, une bougie inclinait soudain sa flamme au coeur noir à un courant d'air insensible pour nous. Si un meuble craquait, nous tressaillions, si un papillon tournait autour des lumières, nous avions un serrement de coeur... Il y a des soirs comme cela où l'on refuserait l'invitation du Commandeur!

Seul, le vieux violoniste semblait ne se douter de rien et riait aux anges. Bouldouyr l'appelait Pizzicato, et je ne lui ai jamais connu un autre nom.

--Allons, Pizzicato, mon ami, donnez-moi votre verre que je le remplisse. Vous ne buvez rien...

--Oh! si, si, _Signore._ Déjà, tout tourne autour de moi et si j'étais dans ma ville, bien sûr, je verrais deux tours de Pise se balancer à côté l'une de l'autre et finir par se casser le nez...

--Pour si peu, _amico_Pizzicato?

--Hélas! _Signore,_ répondit le petit musicien, en rougissant sous son hâle, je ne bois que de l'eau, vous savez, tout le long de la vie...

Et il jeta un regard apitoyé sur sa petite veste râpée, sur sa cravate noire roulée en corde.

Cette allusion à sa misère rembrunit le bon Bouldouyr.

--Ah! dit-il, en hochant la tête, ce monde est mal fait, mal fait! Les meilleurs de nous n'ont que leurs rêves. Nous sommes comme des oiseaux-lyres, comme des paradisiers qui se débattraient sous un filet en regardant l'espace, tandis que les oies, les pintades, les corbeaux, en pleine liberté, nous nargueraient en se dandinant autour de nous.

Les images de Valère Bouldouyr n'étaient pas très supérieures à sa poésie, et il le savait bien. Il me regarda d'un oeil suppliant: il espérait toujours que je ne m'en apercevrais pas. Je l'approuvai d'un sourire sans réticence, et son visage s'illumina:

--Ne vous plaignez pas, Bouldouyr, lui dis-je, vous laissez derrière vous quelques belles plumes!

Il savait aussi que ce n'était pas vrai, mais il s'épanouit tout de même. Il n'avait pas tendu en vain de beaux damas dorés les tristes murs de son pauvre escalier. Et puis sait-on jamais quelle coquille égarée sur la grève le grand océan de la gloire va soulever, puis remporter?

--Pourquoi, oncle Valère, dites-vous qu'il n'y a que des rêves? Il me semble que je vois, moi, surtout des réalités fit la petite Blanche Soudaine, qui, avec son oeil malicieux, son bonnet rouge et ses culottes courtes, faisait le plus drôle de petit pêcheur napolitain que l'on pût imaginer.

Et elle ajouta en reniflant:

--Dame! et j'en vois de toutes les couleurs, des réalités, moi sur le pavé de Paris!

Florentin Muzat sembla sortir de la distraction perpétuelle; il agita ses vastes manches blanches de Pierrot, et il murmura:

--Des réalités? Est-ce que j'en ai vu, moi? Est-ce que c'est vivant, est-ce que c'est mort? Dites, oncle Valère, ça remue?

--Non, non, rassure-toi, Florentin, ça ne remue pas. Tu as raison, comme toujours, mon enfant. Les réalités ne sont pas vivantes, ce sont des ombres sur un mur, des cercles tracés dans la cendre d'un foyer éteint par un doigt distrait, des graines de pavots que le vent qui passe emporte bien loin! Les vérités sont ailleurs.

--Où? dirent en même temps Blanche Soudaine et l'innocent.

Valère Bouldouyr hocha la tête et ne répondit pas, mais en se tournant tout bas vers moi, il murmura le beau vers de Mallarmé:

Au ciel antérieur où fleurit la Beauté!

--Et l'amour, oncle Valère, demanda Marie Soudaine, est-ce un rêve, une réalité?

Sa mantille faisait plus scintillants ses larges yeux magnétiques, une rose rouge flambait à son oreille, et je

111

voyais, par l'entre-bâillement de son corsage, s'arrondir et glisser dans la nacre les tons tabac d'une chair brune.

Jasmin-Brutelier la regarda et sourit:

--Il me semble, Marie, que vous êtes bien innocente pour votre âge?

--Demandez à Françoise! cria soudain Blanche.

Mlle Chédigny rougit.

--Tais-toi, petite peste, murmura-t-elle.

Jasmin Brutelier reprit de la salade de homard, d'un air entendu. Pizzicato vida sa coupe d'Asti. Une rose acheva de s'effeuiller, et nous ne vîmes plus que son coeur nu, un coeur ébouriffé, jaune, inutile. Léchée par une flamme trop courte, une bobèche éclata.

Nous nous levions de table; Bouldouyr s'appuya lourdement sur mon bras, et nous vînmes ensemble jusqu'à la fenêtre. Je lui montrai la mienne.

--Bien souvent, lui dis-je, j'ai vu passer et repasser les ombres charmantes de vos amis dans le cadre de cette croisée. Je ne comprenais guère alors ce qui se passait ici...

--Le comprenez-vous mieux maintenant? Répondit brusquement le poète. Allez, allez, Salerne, je suis un vieux fou... Avais-je besoin de troubler cette jeunesse avec mes pauvres imaginations désordonnées? Regardez-les tous à présent! Qu'est-ce que la vie va leur donner? Quand on est Mithridate soi-même, on n'offre pas du poison à ses amis! Ah! Salerne, que je suis las de ce monde! Comme je voudrais m'endormir!...

Il me quitta brusquement et s'en alla vers sa bouteille de cognac.

Près de la table, Jasmin-Brutelier parlait bas à Marie Soudaine. Il tenait dans les siennes sa main courte et nue. Je m'éloignai, je poussai la porte...

Il faisait noir dans la pièce voisine, la chambre de Valère. On avait éteint les lumières. Personne ne m'avait entendu approcher. La voix vibrante de Lucien modulait ces mots:

--Je reviendrai alors et je vous épouserai, Françoise. Six mois seront bien vite passés. Ayez confiance en moi et vous serez heureuse...

--J'ai confiance, Lucien, confiance. Mais, serai-je heureuse?

Je me retirai discrètement. Le pauvre Muzat, accroupi sur une chaise, battait des mains et poussait des cris sourds en regardant, sur le mur, osciller des ombres, quand la brise agitait les flammes des bougies.

Je retournai à la fenêtre; nuit d'orage; aucune étoile au ciel; des gémissements d'arbres remués venaient du Palais-Royal.

113

J'entendis au loin un tonnerre. L'air semblait contenir en soi une éponge brûlante qui l'absorbait; on respirait on ne sait quelle poussière compacte. Un enfant pleura dans la maison voisine...

Une petite main passa sous mon bras; Blanche Soudaine s'appuya contre moi.

--Vous ne m'aimez pas un peu, vous qui n'avez jamais rien à faire, monsieur Salerne? Personne ne pense à moi. Je suis trop petite. Je vais cependant avoir bientôt seize ans, vous savez... Embrassez-moi, monsieur, voulez-vous? On embrasse bien Marie, on embrasse bien Françoise, et moi jamais! Dites, on m'embrassera plus tard aussi?

Je caressai doucement la jolie tempe délicate et les fins cheveux ondés.

--Hélas! Blanche, on t'embrassera aussi, et bien vite, et beaucoup trop tôt! Garde, oh! garde encore longtemps cette idée que tu as de l'amour, et du monde, et de tout... Cette idée confuse et noble, dont tu aspires à te débarrasser, c'est ce que l'amour et le monde te donneront de meilleur...

Un éclair ouvrit le ciel, au-dessus de Montmartre, dont le Sacré-Coeur apparut soudain dans une blancheur crue comme de la craie. Blanche poussa un cri de terreur.

--Oh! monsieur Salerne, fit-elle, ne me quittez pas! Il me semble que j'aurai moins peur près de vous!...

114

Et le petit pêcheur frémissant vint se blottir contre moi, cachant ses yeux d'une main déjà abîmée par le travail.

Je l'ai déjà dit tout à l'heure: c'était la dernière soirée.

CHAPITRE XVII.
Le départ et l'adieu.

"Et cette maladie qu'était l'amour de Swann avait tellement multiplié, il était si étroitement mêlé à toutes les habitudes de Swann, à tous ses actes, à sa pensée, à sa santé, à son sommeil, à sa vie, même à ce qu'il désirait pour après sa mort, il ne faisait tellement plus qu'un avec lui, qu'on n'aurait pas pu l'arracher de lui, sans le détruire lui-même à peu près tout entier: comme on dit en chirurgie, son amour n'était plus opérable.
Marcel Proust.

A quelques jours de là, je reçus la visite de Lucien Béchard.

Son air solennel, décidé, un je ne sais quoi d'absent qui remplaçait déjà, dans toute sa personne, sa bonhomie, sa gaîté habituelle, m'avertirent qu'il avait à me dire quelque chose de grave, - quelque chose que je savais déjà, que j'avais appris, en entendant, l'autre soir, deux phrases de sa conversation avec Françoise.

Il me confirma, en effet, son départ. La maison d'édition pour laquelle il voyageait le chargeait d'une importante tournée en Amérique du Sud; s'il réussissait dans cette entreprise, ses patrons lui promettaient de lui faire une situation très différente de celle qu'il avait chez eux.

--Il faut savoir accepter les responsabilités, dit-il, je pars!

--Quand?

--Dans une semaine.

Je me tus un moment, puis tout bas:

--Et Françoise?

--Je reviendrai, fit-il, sobrement, mais en mettant dans cette parole toute son énergie, toute sa foi en elle et en soi.

Je n'osai pas insister davantage, mais, malgré moi, j'avais la gorge douloureusement serrée.

Nous parlâmes un moment encore de choses et d'autres, avec cette hésitation, cette peine que l'on éprouve en face de ceux qui s'en vont, comme si l'espace et le temps, qui vont nous séparer d'eux, s'insinuait déjà, faisait entrer soudain entre nous ces mille préoccupations et incidents que nous ne connaîtrons pas, qui ne se glisseront jamais dans le cercle de notre propre vie!

Quand Lucien se leva pour aller à la porte, il me demanda la permission de m'embrasser, puis il me dit:

--Pierre, s'il m'arrivait quelque chose, là-bas, je vous la recommande. Valère est vieux. Je sais que vous l'aimez aussi, prenez soin d'elle.

Je lui serrai longuement la main sans lui répondre.

--Merci! me dit-il.

Je le regardai sur la dernière marche de l'escalier, souriant et sympathique, avec ses cheveux blonds ébouriffés, ses favoris presque flottants, toute cette vapeur d'or qui baignait son visage rose et frais. Je l'imaginais déjà, un plaid bizarre sur ses épaules, assis sur le pont, voyageur de commerce romantique. Nos goûts littéraires, après avoir été les prérogatives, à leur origine, d'un groupe privilégié, ne sont-ils pas, en effet, adoptés successivement par des classes sociales de plus en plus simples à mesure qu'ils s'éloignent de leur point d'origine? Werther est horloger aujourd'hui, et René, reporter, sans doute, dans un petit journal de province, en une de ces villes si pauvres en faits divers que les chiens écrasés eux-mêmes y sont remplacés par des disparitions de lapins!

Et puis, Lucien Béchard disparut, en me jetant un "au revoir!" sonore.

Je demeurai deux jours sous l'influence mélancolique de ce départ. Après quoi, je me rendis chez M. Bouldouyr, mais sans réussir à le rencontrer. A ma troisième visite seulement, il vint m'ouvrir sa porte!

--Vous savez, cria-t-il aussitôt, Françoise a disparu!

--Disparu!

--Enfin, je ne l'ai pas vue. Elle avait donné rendez-vous à Lucien le matin de son départ. Elle n'y était pas. Il se passe quelque chose d'extraordinaire! Depuis ce jour-là, je suis comme un fou. Où est-elle? Que fait-elle? J'ai rôdé autour de sa maison, mais je ne l'ai pas aperçue. Je n'ose pas lui écrire: que diraient ses imbéciles de parents en reconnaissant mon écriture? Françoise est mineure, vous savez: mon frère et ma belle-soeur ont encore tous droits sur elle. Je suis fou, vous dis-je!

De fait, avec sa barbe mal faite, ses yeux rouges, son visage hâve et tiré, il me fit pitié. Et d'ailleurs, comme tous les autres, ne m'étais-je pas laissé attirer par le charme de Françoise, par ses yeux de naïade ou de chatte, par ce qu'elle avait de souple, de glissant et de spontané? Françoise disparue! N'allais-je pas à mon tour en perdre l'esprit, comme Valère Bouldouyr, comme, sans doute, Lucien Béchard, voyageur de commerce romantique, qui se désespérait en ce moment sur le paquebot qui l'emportait vers le Brésil!

Je promis à Valère Bouldouyr d'interviewer la concierge des Chédigny. Je trouvai une avenante personne qui portait sur tous ses traits la révélation de sa tendresse pour l'eau-de-vie. "Mlle Françoise n'est pas malade, me dit-elle, ça, j'en suis bien sûre! Mais elle ne sort plus, il y a eu toutes sortes de micmacs que je ne sais pas... Monsieur a-t-il quelque commission à faire transmettre à Mlle Françoise on pourrait peut-être s'arranger?"

M. Bouldouyr fut atterré?

--On la séquestre, criait-il, pourquoi? Est-ce à cause de moi? A cause de Lucien? Mais Béchard, en somme, c'est un excellent parti pour elle, aux yeux même de ses idiots de parents, puisqu'elle n'a pas un sou et qu'elle est dactylographe. Je n'y comprends rien!

Hélas! je ne comprenais pas davantage. On convoqua Marie et Blanche Soudaine; mais elles ne purent, malgré leurs efforts réitérés, approcher Françoise Chédigny. Elles lui écrivirent; les lettres leur revinrent, évidemment décachetées et lues par ses parents.

--En plein xxe siècle! Grommelait M. Jasmin-Brutelier. Quelle honte!

--Je n'avais qu'elle au monde, me disait souvent Bouldouyr, c'était ma joie, mon amour, ma vie! Que deviendrai-je si je ne la vois plus? J'en mourrai, voyez-vous, Salerne!

Je m'efforçai de la rassurer, mais j'étais moi-même en proie à la plus vive inquiétude.

Florentin Muzat mit quelque temps à comprendre qu'il ne rencontrait plus Françoise. Il croyait toujours qu'il l'avait vue la veille. Enfin, quand on eut réussi à lui faire accepter l'idée de sa disparition, il prit un air mystérieux et nous confia solennellement:

--Je vous l'ai toujours dit: ce sont les crapauds qui l'empêchent de passer!

CHAPITRE XVIII.
Après lequel le pauvre lecteur n'aura plus grand'chose a apprendre.

"... et ce désir, cher à tout grand esprit, même retiré, de donner des fêtes..."
Stéphane Mallarmé.

J'étais resté plusieurs mois sans nouvelles de Victor Agniel. La petite société que je fréquentais avec tant de plaisir m'avait, je l'avoue, un peu distrait de mon filleul. C'est un trait de mon caractère qu'une peur constante de peiner, de froisser les gens. En cette occurrence, - oubliant tout à fait quelle carapace solide formait l'épiderme de ce jeune homme, - j'eus, Dieu seul sait pourquoi! des remords de ma négligence, et je lui envoyai un bout de billet.

J'en reçus un autre par retour du courrier: Agniel m'invitait à déjeuner avec lui, dans une rue voisine, où je trouvai un charmant restaurant Empire, à médaillons de stuc, et dont j'appris avec agrément qu'il était l'oeuvre de Percier et Fontaine.

Mais j'y découvris aussi Victor Agniel, congestionné devant un _whisky and soda._

--Ma parole, lui dis-je, je pourrais mourir vingt fois sans que tu daignes t'informer de moi!

--Vous n'êtes pas mort, n'est-ce pas? répondit-il avec une certaine brutalité. C'est l'essentiel! D'ailleurs, mon vieux, je vous l'avoue, j'ai eu d'autres chats à fouetter que de m'occuper de votre santé.

--Je te remercie de ta bonté.

--Vous savez que je suis un homme franc et raisonnable. Je dis les choses comme elles sont, comme je les pense...

J'eusse pu lui objecter qu'il y avait sans doute un abîme entre sa manière de voir les choses et ce qu'elles sont en réalité; mais je préférais ne pas faire dériver la conversation sur un terrain à ce point philosophique, et je me contentai de lui demander la cause de ses inquiétudes. Il n'hésita pas à me la confier:

--Mon vieux, me dit-il, en deux mots, comme en cent, voilà la chose: je n'ai pas de chance avec les femmes. Vous vous souvenez de cette malheureuse créature qui, à Saint-Cloud, a voulu m'intéresser au clair de lune, - savez-vous qu'elle vient d'épouser un bottier? - eh bien, cette excentrique n'était rien à côté de celle que j'ai choisie ensuite, à cause de son air tranquille et pondéré et de la profonde sagesse de ses parents! Figurez-vous que son père a eu le malheur de posséder un frère, une sorte de bohème, de raté, qui vit dans un atelier et avec lequel il est brouillé depuis vingt ans. Il a rencontré un jour cette pauvre enfant, l'a embobinée, je ne sais trop comment, et a fini par l'entraîner dans son bouge, où elle assistait à des sortes de bals parés, d'orgies romaines, de messes noires, enfin...

Je lâchai de surprise et de désespoir ma fourchette et le morceau que j'allais porter à ma bouche: cette fiancée modeste, cette fleur de boutique, que mon imbécile de filleul se flattait d'avoir découverte, c'était Françoise Chédigny, _notre_ Françoise, et j'avais devant moi le mari qui lui était destiné!

J'eus d'abord un tel sentiment de dégoût et d'horreur que je faillis quitter le restaurant; mais je fis réflexion que cette manière d'agir m'arrangerait en rien nos affaires et qu'il valait mieux les surveiller de près, et débrouiller, dans cet écheveau, le fil de Bouldouyr et celui de Béchard.

--Continue, dis-je, d'une voix étouffée.

--Cette pauvre jeune fille, vous l'ai-je dit? était dactylographe dans une banque. Elle déclarait à ses parents qu'elle avait des heures de travail supplémentaire et s'en allait courir chez son oncle, qui a été, paraît-il, dans son temps, un poète, un décadent! Elle retrouvait là une bande d'énergumènes, de gens douteux, il y avait même un fou, paraît-il. En faisant un jour une opération dans cette banque, le père Chédigny...

--Tu ne m'avais pas dit son nom...

--Vous le savez maintenant! Le père Chédigny, dis-je, a fait allusion, auprès d'un employé, à ces heures supplémentaires, et appris ainsi la vérité. On a suivi la petite et découvert le pot aux roses. Ah! je vous assure que la mâtine a su de quel bois le père Chédigny avait l'habitude de se chauffer! Aussi elle n'en mène pas large maintenant! Elle est enfermée chez elle et ne sort plus qu'avec sa mère, et ce sera ainsi uµjusqu'à notre mariage...

Cette fois-ci, je fis un bond sur la banquette.

--Votre mariage! Tu vas l'épouser?

--Pourquoi pas?

--Après ce que tu viens toi-même de me raconter! Un homme raisonnable comme toi! Tu perds la tête!

--Nenni, nenni, mon petit vieux! Victor Agniel ne perd jamais la tête! Évidemment, je ne sais pas à quels spectacles écoeurants la pauvre petite a pu assister chez ce satyre, mais elle est, j'en suis sûr, scrupuleusement honnête et pure. D'ailleurs, au retour de sa dernière équipée, je l'ai interrogée longuement; eh bien, je vous assure qu'elle a beaucoup de bon! Ce n'est pas une irrémissible détraquée comme celle de Saint-Cloud, l'épouse du bottier. Elle sait raisonner, elle voit juste. Le vieux décadent et sa bande de fêtards à la manque n'ont pas eu le temps de la détraquer. Ah! par exemple, un peu plus, et elle était perdue! Il était moins cinq quand nous sommes arrivés! Enfin, j'ai confiance en elle; elle a abjuré ses erreurs, elle a reconnu elle-même que tous ces gens-là étaient des imbéciles et promis qu'elle n'en reverrait aucun. Elle se rend compte que la vie est une chose sérieuse et qu'il vaut mieux repriser ses bas, faire des confitures et compter avec la blanchisseuse que de se gargariser avec des phrases qui n'ont pas de sens et de parler de la lune, comme d'une chose que personne n'a jamais vue, sauf trois ou quatre initiés! Moi, voyez-vous, je voudrais qu'on envoyât à Cayenne tous ces malfaiteurs, tous ces empoisonneurs de l'esprit public!

--Elle va se marier, répétais-je intérieurement. Ce n'est pas possible, c'est une feinte. Elle ne peut pas abandonner ainsi

Lucien Béchard, elle l'aime. Fine et délicate comme elle l'est, supportera-t-elle jamais l'animal qui me parle d'elle en ce moment?

Mais je me disais aussi que Françoise Chédigny pouvait être une coquette, une comédienne, que je ne la connaissais guère, qu'une série d'attitudes ne fait pas un caractère et que Victor Agniel semblait bien sûr de son fait.

--Le mariage est-il fixé?

--Oui, je l'épouserai le 1er septembre. Et d'ici là, personne ne la verra que ses parents et moi! Ah! si sa bande espère me l'escamoter de nouveau, elle en sera pour ses frais! Il y a même un escogriffe qui est venu demander des renseignements auprès de la concierge! Celui-là, si je l'y repince, je lui casserai la figure!

Malgré ma cruelle déconvenue, j'eus une forte envie de rire. Agniel continuait:

--Et puis, je ne vous ai pas tout dit: l'oncle Planavergne file un mauvais coton. D'ici à peu de temps, je toucherai la bonne galette!

Je tentai de nouveau de le décourager, de le dissuader de son projet; je lui représentai le danger qu'il y a à épouser une fille qui n'est pas équilibrée, le grand nombre de celles qui sont à l'abri de toute tentation, les hasards de l'avenir.

125

Mais Victor Agniel secouait la tête:

--J'en fais mon affaire, disait-il; celle-là, je saurai la mater. D'ailleurs, je connais la manière: en trois séances, son père l'a rendue aussi douce qu'un agneau.

Et comme j'insistais, il ajouta:

--Ah! vous êtes bien obstinés! La connaîtriez-vous, par hasard?

Sa méfiance éveillée, il ne me restait plus qu'à battre en retraite. Je lui souhaitai ironiquement beaucoup de bonheur.

--J'en aurai, me dit-il, en réglant l'addition, le bonheur est un état raisonnable. Après tout, peut-être qu'une femme a besoin de traverser une crise poétique ou romanesque ou tout ce que vous voudrez. Il vaut mieux qu'elle soit antérieure au mariage; Françoise a eu sa crise, c'est fini; elle est vaccinée. A bientôt, Pierre, je vous inviterai à la noce et vous vous casserez les dents avec mes dragées!

En attendant, je rentrai chez moi, la mort dans l'âme.

CHAPITRE XIX.
Le testament de Françoise.

"Des bijoux, de beaux chevaux, une voiture élégante!
Versac avait raison. Tout cela vaut mieux que les plaisirs
monotones de l'étude. On ne connaît guère le monde, en
restant enseveli dans son cabinet.
 Berquin.

Je n'eus pas le courage d'apporter tout de suite à Valère
Bouldouyr d'aussi funestes nouvelles. Nous n'osons pas
envisager dans leur totalité les événements qui nous
affligent; nous croyons toujours qu'il y a en eux une issue
secrète, une fente, par laquelle nous pourrons leur échapper.
Ou bien, nous nous imaginons qu'un malheur comporte une
part de miracle qui va annihiler ses effets. Je me flattai donc
quelques jours de cette espérance vaine et vague, qui n'était,
en somme, qu'un masque de ma lâcheté. Malheureusement,
plus j'examinais sous tous les aspects le fait nouveau révélé
par Agniel, moins j'y découvrais d'interprétation différente;
il était brutal, évident, massif. Il ne se prêtait à aucune
élasticité. Je décidai donc d'en aviser mon voisin.

--J'ai des nouvelles de Françoise! s'écria-t-il, aussitôt qu'il
me vit.

--Moi aussi!

127

Il ne m'écoutait pas, il allait pesamment à un meuble, ouvrait un tiroir et me tendait une lettre chiffonnée. Je la dépliai; je lus les lignes suivantes:

Mon cher oncle,

_C'est une lettre d'adieu que vient vous écrire votre pauvre petite nièce, une lettre bien désolée! Ce que je craignais est arrivé: mon père et ma mère ont appris que je vous connaissais! Après plusieurs scènes effroyables, ils m'ont enfermée dans ma chambre. J'y suis encore séquestrée, et si vous recevez cette lettre, ce sera par l'obligeance entremise de la concierge... Mon cher oncle, je ne soupçonnais pas moi-même de quoi mon père était capable; c'est une brute, une vraie brute! Je tremble encore d'avoir essuyé sa colère. Il m'a brisée! Je n'oserai jamais plus affronter son ressentiment! Comment se fait-il que vous, qui êtes si bon, vous ayez un pareil frère?

Maintenant tout est fini, je n'ai plus aucun secours à attendre de personne. J'aurai la vie que j'ai toujours redoutée, la vie affreuse et sans espérance, que j'entrevoyais devant moi comme un enfer! Près de vous, j'ai cru un moment à la beauté du monde; mais c'est encore plus triste d'être chassée du Paradis terrestre, quand on a goûté à ses fruits!

Oh! mon oncle, mon cher oncle, qui me rendra votre affection si paternelle, si tendre, si vraie? Pourquoi ne suis-je pas votre fille, moi qui vous ressemble tant? Pourquoi ai-je vu le jour entre ces deux corps sans âme? Il est peut-être très mal de parler de ses parents comme cela, mais je souffre tant, j'ai tant souffert déjà! Il me semble que je vais mourir, que ma vraie existence est finie et qu'on m'enterrera toute respirante dans un caveau sans air, dans un caveau noir et glacé.

Pendant que je vous écris, mon cher oncle, il me semble que je cause avec vous et que vous allez vous pencher vers moi et m'embrasser sur la tempe, comme vous le faisiez si affectueusement naguère. Et tous ces souvenirs me reviennent; suis-je déjà une vieille femme?... Gardez mon beau costume et regardez-le quelquefois: je croirai que la petite Françoise du Palais-Royal n'est pas tout à fait morte!

Vous rappelez-vous, mon cher oncle, tous les rêves que nous faisions ensemble? Vous m'entraîniez avec vous à Vérone et nous habitions un grand jardin planté de cyprès, qui dominait la ville: un jour, vous creusiez votre parc et vous déterriez une statue de Florc, qui me ressemblait... Ou bien c'était Venise: un peintre célèbre y faisait mon portrait, et quand il était fini et que c'était son chef-d'oeuvre, il mourait subitement: alors on ouvrait son testament, on y lisait que, par ses dernières volontés, il désirait être roulé et enterré dans le linceul de cette toile. Vous imaginiez aussi que j'allais épouser un Maharajah et vivre au fond d'un palais fabuleux, occupée à regarder danser les bayadères ou à chasser le tigre dans des forêts bruissantes de paons. Je vous écoutais au crépuscule me bercer de ces contes, - et je me sentais emportée par un grand bonheur! Quelquefois encore, vous me rapportiez les paroles que Mallarmé avait prononcées devant vous, ou vous me racontiez votre unique entrevue avec Villiers de l'Isle-Adam.

Je songe aussi, avec quel désespoir! à nos petites réunions. J'essaie de me représenter tous ces salons illuminés, et ces fleurs partout, et ces corbeilles de fruits, et ces plats pleins de choses extraordinaires, et ces vins que vous m'avez appris à aimer et dont je n'ai pas même su retenir les noms. Et je pense à tous nos amis, et à Pierre, qui était toujours si gentil avec moi, et au pauvre Florentin, que tout le monde croit idiot, et à Jasmin-Brutelier, si comique avec ses idées politiques, et à mes pauvres petites camarades que je ne reverrai plus! Dites-leur à tous combien je les aimais et combien je les regrette et suppliez-les de ne pas m'oublier.

Et vous non plus, mon oncle, ne m'oubliez pas! Mais il ne fallait pas vous faire tant d'illusions sur mon compte. Vous m'avez trompée sur moi-même. J'ai cru à la statue de Flore déterrée, j'ai cru au chef-d'oeuvre dans lequel on ensevelissait le peintre de génie, j'ai cru aux chasses au tigre... Comment avez-vous pu me parler sur ce ton? Vous ne voyiez donc pas que j'étais une Chédigny, la fille d'un homme que vous connaissiez bien pourtant! Ce qui me torture le plus, c'est de trahir votre confiance...

Et merci, mon cher oncle, merci pour tout! Vous m'avez donné plus de joie que je n'en méritais. Maintenant, je vous embrasse en pleurant... Adieu! adieu!_

Valère Bouldouyr pleurait aussi; je lui rendis la lettre. Françoise ne soufflait mot de son mariage avec Victor Agniel: je jugeai prudent de n'en pas avertir le pauvre homme.

--Avez-vous remarqué? fit-il. Lucien n'est même pas nommé!

--Elle lui aura sans doute écrit.

Je n'en croyais rien, mais j'entrevoyais la cause de ce silence volontaire. Sans doute était-il trop cruel à Françoise de prononcer même le nom de Béchard. Pourtant, si elle l'aimait, comment se résignait-elle à cette sotte union?

--Et vous, Salerne, qu'avez-vous appris?

J'avais appris la prudence; je répondis que les quelques renseignements que je tenais du hasard étaient moins explicites que cette lettre. Valère Bouldouyr n'insista pas. D'ailleurs, son désespoir l'enfermait dans un cachot si étroit que tout lui devenait indifférent.

--Elle reviendra, dis-je, pour lui donner courage, elle s'échappera quand elle sera majeure, et vous la reverrez ici!

Le vieil illusionniste reparut une seconde: il étendit le bras et me dit:

--Je la reverrai sans doute, s'il y a une autre vie, nous nous rencontrerons certainement dans Sirius ou dans la Lyre; mais ici-bas, Pierre, aussi vrai que je suis vivant à cette heure, je ne la reverrai jamais.

L'évènement, hélas! devait bientôt donner raison à Valère Bouldouyr.

CHAPITRE XX.
Qu'est devenu Pizzicato?

"Adieu, noble reine! Ne pleure pas Mortimer, qui méprise le monde et, comme un voyageur, s'en va pour découvrir des contrées inconnues.
 Christopher Marlowe.

Ici, il y a dans mes souvenirs un grand espace vide...

Trois jours après ma visite à Valère Bouldouyr, une dépêche m'appelait en province: mon frère, avoué à Nantes, venait d'être frappé d'une attaque, et ma belle-soeur m'appelait en toute hâte. Je partis sans revoir personne.

Je passai à Nantes trois mois, n'osant quitter un cher malade, chaque jour plus tendre, mais aussi plus exigeant, et sollicité par sa femme de ne pas le décevoir par un adieu prématuré. Cependant, je songeais à mes amis du Palais-Royal, et m'inquiétant d'autant plus d'eux que mes lettres restaient sans réponse, j'avais grand désir de rentrer.

Enfin, mon frère, sinon guéri, du moins hors de danger, je pus revenir à Paris.

A peine arrivé, je cours rue des Bons-Enfants, je veux monter, la concierge m'appelle, tandis que je traverse la grande cour, et comme je me retourne, me reconnaît.

--Mais où allez-vous donc, monsieur?

--M. Bouldouyr n'est-il pas chez lui?

--M. Bouldouyr? Comment? Ne savez-vous donc pas?... Nous l'avons enterré dans les premiers jours d'octobre.

En une seconde, je revis mon vieil ami, ses petits yeux vifs, son collier de barbe, sa lourde démarche, et ses fêtes modestes, et la douce Françoise au bras de Lucien Béchard; j'eus l'impression d'un immense écroulement, et les larmes me vinrent aux yeux.

--Mort, Valère Bouldouyr! Et de quoi donc?

133

--On n'a jamais bien su. Au fond, monsieur, il est mort de tristesse. Depuis que sa nièce ne venait plus le voir, il ne vivait quasiment plus, le pauvre homme! Parfois, il me disait: "M'ame Bonguieu, ça ne durera pas encore longtemps comme ça, j'ai trop de chagrin. A mon âge, on ne s'attache pas aux gens pour s'en détacher aussitôt après! Ça va tourner mal!" Il ne croyait pas si bien dire! Il a pris un refroidissement et, tout de suite, il a été perdu. On sentait qu'il n'avait plus de goût à vivre, il s'est laissé aller. Il est mort comme un poulet, voyez-vous, le temps de dire ouf, et c'était fini...

Avant de me retirer, je demandai à Mme Bonguieu ce qu'on avait fait de ses livres, de ses meubles.

--Comme il n'avait pas de testament, son frère a hérité de tout. C'est un vilain homme, vous savez! Il est venu avec une charrette, il a tout emporté, et on m'a dit qu'il avait tout vendu pour ne rien garder du défunt.

Ainsi il ne restait rien, rien, de cet homme obscur qui avait été mon ami et en qui, quelques années, le monde avait pris conscience de sa beauté quotidienne, presque invisible aux autres humains! Il me faut ajouter ici qu'à mon chagrin se mêlait quelques regrets moins désintéressés.

C'est un dur esclavage que d'être un collectionneur, un bibliophile! Malgré moi, je songeais à ces beaux livres que j'avais vus là-haut, à ces premières éditions des compagnons d'armes de Bouldouyr, aujourd'hui si rares, aux précieux autographes de Mallarmé, à la gravure d'Odilon Redon. Tout cela aussi était perdu sans rémission!

Je me retirai, je regagnai mon appartement, je vins contempler les fenêtres closes de mon voisin. Le front contre la vitre, je pleurai à leur vue. L'injustice de cette vie et de cette mort me glaçait de colère et de tristesse. Pourquoi une telle férocité du Destin, pourquoi mon ami n'avait-il pu, du moins, conserver jusqu'au bout la seule consolation de sa malheureuse existence?

L'automne dévastait notre jardin; les charmilles essayaient de conserver quelques feuilles, qui s'agrippaient désespérément à elles, mais il suffisait d'un peu de vent, de moins encore, je pense, de l'ombre tourbillonnante d'une fumée, de la moiteur du brouillard, pour qu'elles se détachent tout à coup, renoncent à la lutte, se laissent tomber. Le grand bassin en était tout constellé, et le lierre, qui grimpe aux jambes de Victor Hugo, en retenait des grappes. Là-dessus traînait un ciel sans éclat, aveugle comme une vitre dépolie, et la nuit, les plaintes maussades du vent, soufflant et gromelant dans les cheminées, obsédaient mes oreilles.

--Qu'est devenu Pizzicato? Me demandais-je alors. Et qu'était devenue Françoise? Je ne pouvais m'en informer chez elle, mais il me restait la concierge de Victor Agniel, rue de la Femme-sans-Tête. J'y appris que mon filleul, après son mariage avec Mlle Chédigny, avait donné congé sans laisser d'adresse.

--Il n'a pas même voulu qu'on fasse suivre sa correspondance, ajouta le jeune fille lymphatique, qui me communiqua ces renseignements. Personne ne sait ce qu'il est devenu!

Cette fois, c'était bien fini! Il ne me restait aucun espoir de revoir la claire enfant aux yeux de naïade. Ces êtres charmants que j'avais approchés un moment, - juste celui de m'attacher à eux! - avaient glissé de ma vie sans laisser de traces. Jamais une petite société ne s'était évaporée aussi vite, et déjà ce passé redevenait à mes yeux irréel et fantomatique.

Le soir, j'allais souvent à ma fenêtre et je regardais l'immeuble d'en face, muet maintenant, obscur. Savais-je quand j'étais l'hôte de Valère Bouldouyr que son amitié, que celle de Françoise, m'apportaient un tel bonheur? Hélas! il en est toujours de même, nous ne regrettons nos biens véritables que lorsque nous les avons perdus, et, à l'heure de leur possession, nous en convoitions d'autres d'un moindre prix!

Ces regrets et ces remords me troublaient dans mon sommeil. J'y revoyais mes chers disparus. Tantôt Valère Bouldouyr m'apparaissait dans son gros paletot de bure marron; il tenait par la bride un Pégase tout blanc et me disait:

--Venez-vous avec moi Salerne? Je vais vous conduire à la vérité!

Mais je le perdais aussitôt après, au milieu d'une foule compacte. Une fois cependant, je réussis à le suivre.

Il allait comme le vent à travers une plaine ronde, aride et nue, où j'avais toutes les peines du monde à ne pas me laisser distancer. Des nuées basses, spongieuses, traînaient au ras du sol. A l'horizon, tout proche, de longues vagues boueuses arrivaient, avec un déferlement sinistre, sous un floconnement d'écume. Bientôt, nous aperçûmes dans la campagne une haute tour énorme, noire, carrée, au seuil de laquelle vacillait une sorte de portique égyptien de marbre blanc. Et soudain, j'eus un éblouissement, car je voyais se dérouler devant moi et s'élever vers la hauteur du monument les marches gigantesques d'un escalier d'or. Murailles, rampes paliers, tout scintillait, tout jetait des éclairs. Aveuglé par une telle splendeur, je n'osai avancer.

--Montez! Montez! cria Valère Bouldouyr.

Pégase, qu'il avait attaché à la porte, hennissait furieusement. Nous volions presque de marche en marche, éclairés par des statues d'or qui portaient des torches. Au sommet de l'escalier, Valère Bouldouyr me cria:

--Nous entrons chez le Roi du Monde!

Nous étions dans un immense salle, tendue de noir. Partout encore des statues et des torches fumeuses. Au milieu, sur un trône de pierreries, nous vîmes Florentin Muzat. Couronne en tête, tenant d'une main un globe terrestre, de l'autre, le glaive de justice, il portait un manteau d'hermine qui descendait jusqu'à ses pieds. Il nous reconnut et nous sourit gracieusement, puis il nous dit:

--Je règne sur l'humanité entière, mes bons amis. Vous voyez bien que je n'étais pas idiot! Mais les hommes, est-ce vivant? Est-ce mort? Je voudrais bien connaître mes sujets.

Alors j'entendis des sanglots. Je m'aperçus que Françoise, agenouillée devant lui, versait d'abondantes larmes. Une blessure béante souillait son épaule nue, dont suintaient de larges gouttes de sang, qui tombaient, une à une, dans un plateau, jonché de fleurs...

Mon angoisse fut telle que je me réveillai, le coeur serré tremblant encore.

Et ce fut ma dernière entrevue avec Valère Bouldouyr. A dater de ce cauchemar, Françoise et lui désertèrent même mes rêves. La porte de l'escalier d'or était close à jamais pour moi!

CHAPITRE XXI.
Fragment d'une histoire éternelle.

"Ricorditi di me che son la Pia!"
Dante Alighieri.

Cependant, deux mois après environ, comme je traversais la rue du Pélican, laquelle est particulièrement tortueuse et sordide, je m'entendis soudain héler, et je vis sortir d'un hôtel misérable, que surmontait une vieille enseigne à l'image de ce volatile, le plus étrange quatuor.

C'était Jasmin-Brutelier qui m'appelait. Debout sur le seuil de la porte, il agitait ses bras osseux et maladroits, qui me donnaient à penser que si Chappe, en son temps, fut un merveilleux inventeur, ce fut par suite de ses relations personnelles avec quelque Jasmin-Brutelier de ces années-là.

A côté de lui, je reconnaissais Florentin Muzat, le vieux musicien que M. Bouldouyr appelait toujours Pizzicato, et une sorte d'étrange personnage à figure de gargouille gothique, en qui je finis par distinguer ce M. Calbot, qui supportait, dans l'étude de maître Racuir, les méchantes humeurs et les indignes traitements de M. Victor Agniel et de ses collègues.

--Vous voilà! Vous voilà! me disaient-ils tous avec extase. Quelle joie de vous retrouver!

139

Je leur parlai aussitôt de la mort de M. Bouldouyr.

--Chut! Chut! me dit Florentin Muzat, je sais les choses maintenant: Mon bon M. Bouldouyr a cessé d'être une ombre... Oui, c'est fini pour lui, de ne plus exister!

Jasmin-Brutelier se frappa le front du bout de l'index, afin de m'indiquer que la raison du malheureux jeune homme se dérangeait de plus en plus; je m'en doutais d'ailleurs aux extraordinaires grimaces qu'il faisait sans cesse et qui attiraient sur lui l'attention des passants. J'entendis alors l'accent nasillard de Pizzicato:

--Hélas! oui, il est mort, le pauvre monsieur, et avec lui ma dernière espérance! Ce n'était pas un ami que j'avais là, c'était un père, monsieur! Qui me consolait quand j'étais triste? Qui me montrait, quand j'avais le mal du pays, des cartes postales, qui me rappelaient Napoli, ma ville natale? Qui me donnait un peu d'argent quand je manquais de tout? Qui appréciait en connaisseur la musique que je jouais? Lui, monsieur, toujours lui! Ah! l'humanité a bien perdu! C'était un roi Bombance que cet homme-là, c'était un saint Vincent de Paul. Il y a des saints au paradis, couverts d'honneurs et de décorations, avec leur auréole bien astiquée derrière la tête, qui n'ont pas vécu comme il a vécu!

M. Jasmin-Brutelier me pressa doucement le bras:

--Nous avons tous perdu notre meilleur ami, et chacun de nous le pleure à sa manière. Vous rappelez-vous, monsieur Salerne, ces fêtes magnifiques qu'il nous offrait? C'est ce que j'ai vu de plus beau au monde. Nous en reparlons bien souvent, Marie et moi.

--Vous êtes marié, monsieur Jasmin-Brutelier?

--Oui, oui, j'ai épousé Marie Soudaine, il y a quelques mois. Et je dois même vous dire que ma femme me donne des espérances. En un mot, je vais être père. Un grand souci, une bien lourde responsabilité! D'autant plus que depuis quelques mois déjà, je n'ai plus... j'ai perdu ma place...

--Que faites-vous alors?

--Je... je cherche une situation. C'est même fort pénible pour moi, car ma pauvre Blanche est obligée de travailler pour deux, ce qui est très dur dans sa position.

--Peut-être pourrai-je vous aider à trouver quelque chose?

--Oui, oui, me répondit M. Jasmin-Brutelier, sans enthousiasme. Le désoeuvrement me pèse, vous savez...

--N'étiez-vous pas employé dans une librairie?

--Je ne le suis plus. Je ne peux plus l'être. J'aime trop la philosophie. On ne pouvait rien obtenir de moi, vous savez. J'étais toujours dans quelque coin, le nez enfoncé dans les oeuvres de Spinoza ou dans celles de Roret. Non, il me faut un autre métier.

--Mais lequel?

--C'est justement ce que je cherche, monsieur, répondit avec gravité Jasmin-Brutelier, en se pressant énergiquement le menton, comme si ses maxillaires fussent une grappe d'où l'on pût extraire de bonnes idées.

J'avais entraîné mes vieux amis dans un café de la rue de Beaujolais, orné de ces peintures allégoriques, mises sous verre, qui donnent à plusieurs établissements de ce quartier une vague ressemblance avec le café Florian. J'avais une grand émotion et une grande joie de les revoir. Il me semblait que l'ancien temps n'était pas entièrement révolu. Mais ce bonheur furtif n'allait pas sans une vive amertume. Je croyais me promener la nuit, dans une ville en ruines que j'eusse autrefois aimée. Je retrouvais bien les pans de murs, les colonnes, les places, mais non point l'âme qui leur donnait la vie.

Il manquait à mon bonheur la présence de Valère Bouldouyr, il lui manquait autre chose encore: je ne sais quelle forme dansante, tout enveloppée de cheveux d'or, et un rayon verdâtre, à la fois candide et mélancolique, qui venait de deux yeux clairs.

J'avais demandé à mes amis ce qu'ils voulaient boire. Ils s'envisageaient, et Jasmin-Brutelier, parlant au nom de tous, émit la prétention de manger quelque chose. Je leur fis servir des sandwiches et des pommes de terre frites, et j'eus alors l'impression pénible que j'avais affaire à quatre affamés. Ils se jetèrent sur ces aliments avec une avidité qui me serra le coeur. A mesure qu'ils se nourrissaient leurs yeux brillaient, leurs visages s'épanouissaient; ils avaient l'air de pauvres arbres desséchés par la canicule et qui tout à coup reçoivent l'eau du ciel.

--Tant qu'on est des ombres, émit même Florentin Muzat, il faut manger! Après, ça va tout seul!

Je cherchai cependant à comprendre pourquoi M. Calbot se trouvait maintenant dans la société de mes vieux camarades, et je n'y parvenais pas. Il me semblait aussi malheureux qu'eux; et lorsque j'avais examiné son vieux veston sans couleur et les belles franges de son col de chemise, je n'en voyais que mieux combien la jaquette de M. Jasmin-Brutelier luisait de graisse et d'usure, à quel point le pardessus flottant de Pizzicato avait pris la consistance d'une toile d'araignée et quelle chose sordide, informe et sans nom possible était devenue la souquenille qui harnachait mon pauvre Florentin Muzat.

--Avez-vous des nouvelles de Victor Agniel? Finis-je par demander à Calbot, qui mangeait sans parler, ouvrant et refermant sans cesse une affreuse gueule de brochet, sous son nez à l'arête rompue.

Le clerc de notaire rougit et avala précipitamment, au risque de s'étouffer, une énorme bouchée de sandwich, qui gonflait ses joues pâles.

--Non, monsieur, non... Je ne voudrais pas vous faire de peine, mais il a disparu un jour sans crier gare, et jamais plus nous ne l'avons revu: maître Racuir sait sans doute tout, mais il ne nous l'a jamais confié. Maître Racuir est un homme qui en sait long sur tout le monde, mais c'est le tombeau des secrets. Quant à moi, acheva M. Calbot, absolument décontenancé, je suis innocent de tout, je vous le jure!

--Je vous crois sans peine, lui dis-je. Un peu de jambon, monsieur Calbot? Peut-être boirez-vous encore un ballon, n'est-ce pas? Garçon, un bock pour monsieur! Mais n'êtes-vous plus chez maître Racuir?

--Non, je suis parti. La vie y était trop triste. Oh! elle n'y a jamais été très gaie! Mais quelquefois, on avait un plaisir, une... compensation! C'était du temps où M. Victor Agniel était encore parmi nous. Parfois, le soir, une jeune fille venait le chercher, qui ressemblait à une sirène. Elle entrait toujours dans mon bureau pour me dire bonjour... Ah! monsieur, je n'étais pas très heureux chez M. Racuir, mais il me semblait alors qu'un ascenseur m'enlevait tout à coup et me déposait au paradis. C'était la bonté même, cette jeune fille, c'était la beauté, c'était... je ne sais quoi. Le printemps entrait soudain, on respirait une grande rose ouverte, et on avait envie de mourir.

--Françoise, répéta tout bas Pizzicato.

Nous nous taisions tous, nous regardions au fond de nous se tenir cette image perdue.

--Elle n'est plus revenue, dit M. Calbot. C'est alors que je suis parti, je m'ennuyais trop! Et je suis allé chez Mlle Soudaine, qui venait parfois à l'étude avec elle, lui demander de ses nouvelles, et c'est ainsi que j'ai fait la connaissance de Jasmin-Brutelier.

--Et maintenant, s'écria celui-ci, nous sommes réunis tous les quatre, et nous cherchons Françoise ensemble!

M. Pizzicato se pencha vers moi:

--Florentin la rencontre de temps en temps. Tantôt dans une rue, tantôt dans l'autre, il la voit passer, mais toujours trop vite, et il n'a pas le temps de la rattraper. Seulement, il nous avertit et nous courons en hâte dans le quartier qu'il nous a désigné... Hélas! nous arrivons toujours trop tard; nous ne la retrouvons pas!

J'étais bien sûr que Françoise avait quitté Paris, mais j'admirai que ces trois hommes eussent assez confiance dans un simple d'esprit pour se laisser conduire par lui!

A je ne sais quoi de hagard et de dégradé qui se peignait sur leurs visages, je compris aussi que cette poursuite éperdue de Françoise les conduisait surtout dans des bistros, et ma pitié pour eux se doubla d'une grande tristesse.

--Mais nous avons confiance, dit Pizzicato, nous la trouverons.

--Paris n'est pas grand, ajouta M. Calbot, il faudra bien que nous la découvrions quelque jour!

--Alors notre vie à tous aura repris son sens, s'écria joyeusement Jasmin-Brutelier.

--Oui, oui, murmura Florentin Muzat, nous la verrons sûrement, puisqu'elle est une ombre, n'est-ce pas? On attrape toujours les ombres... Ce sont les autres qui s'en vont.

Je pris congé de mes pauvres amis, je leur fis promettre de venir me voir. Ils le firent, puis ils s'en allèrent tous quatre sous les charmilles du Palais-Royal. Leur démarche était incertaine. Ils parlaient fort en s'éloignant; il me sembla qu'ils montaient encore l'escalier d'or de Valère Bouldouyr et qu'ils trébuchaient à chacune de ses marches usées; mais l'escalier d'or maintenant ne menait plus nulle part!

CHAPITRE XXII.
La contagion.

"Il paraît que l'éloignement embellit."
Jean-Paul Richter.

Après une absence qui m'avait paru si longue, je croyais éprouver une grande joie en rentrant chez moi. Mais ce fut au contraire une mélancolie profonde qui m'assaillit, lorsque je repris possession de mes chers livres, de mes meubles, de mes souvenirs. Quelque chose me manquait, quelque chose de changeant, de vif et d'imprévu, de capricieux et d'alerte, qui était peut-être le plaisir de vivre.

J'allais à celles de mes fenêtres qui commandent la rue de Valois, je regardais cette maison qui me faisait vis-à-vis et dans laquelle j'avais connus des heures si douces. L'appartement de Valère Bouldouyr était habité de nouveau; je vis bientôt paraître à une des croisées une vieille femme sinistre, au profil crochu, et une sorte d'usurier sordide, armé de lunettes bleues. Je me rejetai en arrière avec horreur, et je me représentai aussitôt, entre les vieux candélabres, Françoise avec ses cheveux poudrés, la douce Marie Soudaine, - aujourd'hui Mme Jasmin-Brutelier, - et le délicieux petit pêcheur napolitain qui se désolait que personne ne l'aimât.

Je m'assis dans un fauteuil, je relus les vers de Valère Bouldouyr, je relus ceux de Justin Nérac. Je me disais que je demeurais sans doute le seul être au monde qui cherchât encore une ombre de poésie dans ces opuscules démodés, et cela me serrait le coeur. Je tombai sur cette strophe:

_Bals, ô feuilles de jade, ô bosquets de santal,
Vos torches, vos flambeaux n'éclairent que des ombres,
Et je gémis, errant à travers ces décombres,
Et cherchant vos parfums sous des nuits de cristal!_

En nous réunissant ainsi, Bouldouyr n'avait-il donc, et peut-être sans le vouloir, que réalisé une volonté posthume de son ami Justin?

Je repris ma vie d'autrefois, ou plutôt j'essayai de la reprendre, mais je n'en avais plus le goût.

Quand je m'asseyais sur le balcon, entre mes gros vases de pierre, ceinturés d'une lourde guirlande, quand je regardais d'un côté les lauriers en caisse, qui ornent les terrasses du ministère des Beaux-Arts, et de l'autre, s'étaler dans une lumière pâlie les façades qui tournent le dos à la rue de Beaujolais; quand j'entendais, à midi, le célèbre canon du Palais-Royal faire entendre cette sourde détonation à laquelle les pigeons du quartier n'ont jamais pu s'habituer; quand je regardais le jet d'eau du grand bassin épanouir une gerbe magnifique et pulvérulente, à la fois épaisse et fluide, massive et transparente, je me disais que tout cela avait donc été charmant et que cela ne l'était plus. Valère Bouldouyr était-il un sorcier si dangereux?

Oui, je bâillais, je m'ennuyais, je prenais en horreur mon existence naguère si tranquille, je rôdais dans les rues en proie à une agitation vague et sans cause. Était-ce Françoise qui me manquait? Allais-je me mettre à sa recherche et la poursuivre de rue en rue, comme Jasmin-Brutelier, comme Muzat, Calbot et Pizzicato?

Parfois, je croyais la reconnaître, moi aussi, et je pressais le pas pour dépasser une silhouette qui la rappelait à mon esprit. Mais la ressemblance s'évanouissait aussitôt que je me rapprochais.

La première fois, ce fut passage Choiseul. Je m'étais arrêté devant un empailleur qui avait cherché à démontrer par son étalage la grande loi biologique de l'unité des races animales. Il la prouvait pour sa part en montrant combien un ours blanc, une fourmi, un agneau, un lézard, un griffon et un perroquet peuvent arriver à avoir le même regard s'ils sont accommodés par le même naturaliste. Sur la vitre que je considérais, une ombre se peignit, rapide et furtive, mais en qui je crus distinguer Françoise Chédigny. (Car je lui donnais toujours ce nom, ne pouvant me résoudre à l'appeler Mme Victor Agniel.)

Je me retournai et je me mis à courir; même costume, même démarche! Dans ma hâte, je posai ma main sur le bras de la jeune femme; elle se retourna. Comment avais-je pu me tromper à ce point? Cette pauvre figure pâle et étiolée ne ressemblait en rien au beau visage rayonnant et surpris de Françoise.

--Je vous demande pardon, madame, murmurai-je, je suis tout à fait désolé...

--Il n'y a pas de mal, fit la jeune femme d'une voix cassée. Vous me preniez pour quelqu'un autre, je suppose...

--En effet, mademoiselle, et je vous prie de m'excuser. Mais la vérité est que je cherche quelqu'un et que...

--Quelqu'un que vous aimez, je pense, dit la personne, soudain intéressée comme le sont toutes les filles de Paris, et je pense, de ce monde, à l'idée d'une histoire d'amour.

--Non, répondis-je, quelqu'un que je n'aime pas et qui...

L'ouvrière haussa les épaules et dit tranquillement:

--Eh bien! vous êtes bien bon de chercher ainsi quelqu'un que vous n'aimez pas et de prendre cet air bouleversé, pardessus le marché, pour lui adresser la parole.

Je demeurai coi, et je dus reconnaître que cette jeune femme ne manquait pas de bon sens. Et cependant, je n'aimais pas Françoise, du moins au sens où elle entendait ce mot, mais j'aimais quelque chose qui flottait autour d'elle, quelque chose que m'apportait sa présence et dont l'absence me désolait.

Mais la seconde fois, ce fut plus pénible encore: je rentrais fort tard par la galerie d'Orléans. C'est un endroit étrangement vide et désert, la nuit. Entre le vitrage opaque du toit et le dallage du sol, l'oeil ne rencontre que les vitrines, par lesquelles le ministère des Colonies tente de recruter de jeunes enthousiastes en offrant à leur vue des photographies de pays lointains. Je m'arrêtais toujours devant elles en rentrant, admirant tantôt le morne aspect de Porto-Novo, tantôt les dessins curieux que font sur le sable tunisien les ombres d'une caravane de chameaux; ou bien, une figure grimaçante et cependant paisible du temple d'Angkor-Vât, ou encore le buste d'une jeune Tahitienne, dont la gorge nue et droite était aussi belle que celle d'une déesse grecque. Je ne manquais jamais d'emporter en moi une de ces images exotiques; parfois, alors, je me réjouissais de vivre à Paris, au calme, loin des outrances et des violences de ces contrées sauvages; mais, le plus souvent aussi, je gémissais d'avoir choisi une part à ce point humble et réduite et d'ignorer les beautés et les misères des plus magnifiques pays!

Un pas me fit tressaillir; encore une fois, je fus sujet à la même hallucination ou à la même erreur: une forme rapide tournait le coin de la galerie et se dirigeait vers le jardin. Je me précipitai à sa poursuite, mais, devant les grilles, je ne vis personne qui ressemblât à mon inconnue. Peut-être avait-elle eu le temps de sortir par la rue de Valois.

Tandis que j'hésitais, ne sachant quel parti prendre, quelqu'un sortit de l'ombre; je fis une affreuse figure se rapprocher de moi; un chapeau couvert de roses hideuses se balançait sur un masque sans âge, maigre et hâve,à en paraître mortuaire. Ce même fantôme traînait une robe à volants poussiéreux et me souriait avec une hideuse complaisance. Je ne pus comprendre si j'avais affaire à une folle, à une prostituée ou à une mendiante.

--Allons, fit-elle, comme je m'éloignais avec horreur, ne fuyez pas ainsi. N'est-ce pas moi que vous cherchez?...

Je hâtai le pas pour lui échapper; elle se mit à crier:

--La femme que vous cherchez, croyez-vous qu'un jour elle ne sera pas semblable à moi? Regardez donc où les hommes m'ont conduite! Celle que vous aimez, aussi jeune, aussi belle que vous la voyez, un homme, allez, fera d'elle ce que je suis. Vous, peut-être, ou quelqu'un autre. Il ne manque pas d'homme, en ce monde, pour perdre les pauvres filles!

Je m'enfuis par la rue de Valois, écoutant encore cette aigre voix qui criait dans la nuit:

--Affreuse engeance! Affreuse engeance!

152

Je jetai un regard de détresse sur l'appartement clos de mon ami Bouldouyr. N'avait-il pas essayé, lui, de créer à une âme jeune un asile sûr où l'affreuse engeance ne fût pas venue l'enlever? Mais, hélas! la vie est plus forte que tout; ou bien faut-il croire qu'elle accepte de combler ceux qui ne la redoutent pas et qui ne se protègent pas contre elle? Françoise n'eût-elle pas été plus heureuse avec Victor Agniel, si elle n'avait pas, pour son malheur, rencontré son oncle Valère?

CHAPITRE XXIII.
Dans lequel M. Delavigne s'élève aux plus hautes conceptions philosophiques et promène un regard d'aigle sur le champ de la vie humaine.

"Cette terre vous sera arrachée, comme la tente d'une nuit."
Isaie.

Bien entendu, je ne revis ni M. Jasmin-Brutelier, ni Florentin Muzat, ni leurs amis. Certes, ils ne m'oubliaient pas, mais ils s'en remettaient au hasard du soin de nous réunir de nouveau; je supposai même qu'ils me cherchaient dans les diverses estaminets de l'arrondissement, où ils s'efforçaient de retrouver Françoise.

Je retournai chez M. Delavigne. Une vieille dame rose et blonde, qui ressemblait à une poupée mécanique, se tenait assise dans un coin de la boutique et agitait devant elle un éventail sur lequel était peint un clair de lune romantique. Un gros monsieur en redingote, aux cheveux d'un noir outrageant, faisait à voix basse ses recommandations à M. Delavigne.

--Soyez tranquille, dit le coiffeur, très haut, vos collègues n'y verront rien. Elle aura quelques cheveux gris artistement semés, de-ci, de-là, comme des pâquerettes dans un pré. Dame, avec l'âge, monsieur le doyen, il faut savoir faire quelques sacrifices! Mais ne craignez rien, vous aurez toujours l'air aussi jeune!

Le gros monsieur mit un doigt sur ses lèvres et s'éloigna discrètement.

A son tour, la vieille dame chuchota quelques mots à l'oreille de M. Delavigne. Je l'aurais sûrement vu rougir de les prononcer, si son visage n'était isolé de ma vue par un laquage minutieux.

--Bien, répondit M. Delavigne, de sa même voix forte et timbrée. Je vais vous donner cette crème de beauté, madame de Prunerelles! Avec elle, ces petits accidents n'arriveront plus. C'est un produit parfait, je vous le jure. Aucune rougeur, aucune ride ne peut lui résister.

Je me demandai en quoi ces rougeurs, ces rides pouvaient affecter Mme de Prunerelles, puisqu'elle couvrait le tout du même vernis rose et compact, mais j'abandonnai bientôt ce sujet de réflexions, car M. Delavigne venait à moi.

--Monsieur Salerne, me dit-il, vous enfin! Ah! quel bonheur! Je suis aussi heureux de vous revoir que si on me donnait vingt francs, tenez, de la main à la main, sans que j'aie rien fait pour les gagner. Que vous faut-il? Un bon complet, n'est-ce pas? Ma parole, il y a bien six mois qu'on ne vous a aperçu dans le quartier!

Je lui racontai la cause de mon absence; il en fut extrêmement affecté et ne parut reprendre goût à la vie que lorsque je lui eus affirmé que mon frère était enfin hors de danger.

--Dieu soit loué! me dit-il. Moi aussi, j'ai eu un frère. Oh! je n'avais pour lui ni grand attachement, ni grande antipathie. Je ne l'aurais pas assassiné comme Caïn, mais je ne lui aurais pas donné ma part de lentilles, comme Esaü. Il habitait l'Espagne, je ne l'ai pas vu une fois en vingt ans, et nous ne nous écrivions jamais. Mais il est mort, et, lorsque je l'ai appris, il m'a semblé d'abord que ça m'était tout à fait égal. Et puis, je me suis souvenu d'un timbre du Guatemala, avec un oiseau dessus, qu'il m'avait donné quand j'avais sept ans, et j'ai pleuré pendant trois jours.

Je demandai à M. Delavigne s'il avait appris la mort de Valère Bouldouyr. Ce fut même de ma part une parole bien imprudente, car sa surprise fut si vive qu'il faillit me couper une oreille.

--Mort, monsieur Bouldouyr, mort! A qui se fier, Seigneur!

Je crus un moment que jamais M. Delavigne ne se remettrait à sa besogne et que la mousse sécherait sur mon visage, sans que ma barbe fût endommagée.

Enfin M. Delavigne parut reprendre ses esprits:

--Voici bien des années, monsieur Salerne, dit-il enfin, que je fréquente ce quartier. J'y ai fait un grand nombre d'observations, car, avant tout, monsieur Salerne, ne vous y trompez pas, je suis un observateur. Eh bien! je suis bien forcé de reconnaître que peu à peu tout le monde finit par mourir. C'est une chose que l'on ne sait pas en général. On a peine à l'imaginer et, certainement, on ne le croirait pas, si l'esprit d'observation n'était pas là pour nous faire toucher du doigt une aussi triste réalité! M. Bouldouyr y a donc passé comme les autres! Je n'aurais jamais cru cela de lui. Il semblait si sûr de soi, si tranquille, si peu sujet eux erreurs et aux faiblesses de ce monde. Quelle leçon, monsieur Salerne! Voilà comment s'en vont les plus forts, les plus énergiques. Qu'attendre des autres?

Après un moment de silence, M. Delavigne me demanda ce qu'était devenue cette jeune fille que l'on voyait toujours appuyée à son bras. Je fus forcé de reconnaître qu'elle avait mystérieusement disparu.

--Je dois vous avouer que je l'ai aperçue récemment, me dit M. Delavigne, avec beaucoup de prudence. J'hésitais à vous le raconter car vous m'avez interdit une fois, un peu vivement, de revenir sur ce sujet... Vous savez, monsieur Salerne, que je suis un homme simple et de goûts modestes. Il m'eût, certes, été plus agréable de vivre dans un milieu élégant et mondain, où mes qualités d'observateur eussent trouvé un champ plus large; mais je dois me restreindre au milieu plus simple où la destinée m'a fait naître. Aussi, pour me distraire de mes occupations vulgaires, vais-je de temps en temps à la _Promenade de Vénus_ jouer aux dominos ou résoudre les rébus de _l'Illustration,_ avec quelques amis de mon goût, quelques bons garçons comme moi que rien ne réjouit davantage qu'une saine intimité et la satisfaction d'une compréhension mutuelle.

Ici, M. Delavigne perdit le fil de son discours en tentant sournoisement de me noyer; mais je résistai victorieusement à cet assaut, et je ressorts de mon bain d'écume, soufflant, grognant et à demi étouffé, pour entendre le récit de mon coiffeur.

--Donc, un de ces soirs, j'étais assis sur une banquette, quand je vis entrer cette belle jeune fille que vous savez, avec un gros monsieur rouge et content, admirablement bien rasé et passé au cosmétique. On se serait fait la barbe devant ses cheveux, tant ils ressemblaient à un miroir! Ils s'assirent tous deux à côté de moi, et le gros monsieur commanda un bock. Je fus très attristé de penser que cette demoiselle n'était ni avec M. Bouldouyr, ni avec ce jeune homme à favoris blonds, avec qui je l'ai rencontrée souvent et que vous me disiez être son fiancé. Mais je remarquai qu'elle portait une alliance. D'ailleurs, elle tutoyait son compagnon. Ici encore, monsieur Salerne, mon don d'observation m'a appris que jamais les jeunes filles n'épousent les garçons avec qui elles ont été fiancées!

--Et que disaient-ils? m'écriai-je, en proie à la plus grande agitation. Pour l'amour de Dieu, mon bon monsieur Delavigne, tâchez de vous rappeler leurs paroles!

--Ce gros monsieur si bien rasé adjurait le jeune femme de devenir raisonnable. -"Mais je le suis, je le suis, répondait-elle d'un air résigné." -"Non, disait-il, pas encore, mais je crois que vous le deviendrez à mon exemple." Et puis ils parlèrent d'un héritage, d'une ville qu'ils allaient habiter et dont j'ai oublié le nom.

--Était-elle triste? Gaie?

158

--Ni l'un ni l'autre, il me semble, mais tranquille et indifférente. Elle avait l'air d'être mariée depuis très longtemps.

--Et lui, comment se comportait-il avec elle? vous a-t-il paru gentil maussade ou brutal?

--Oh! pas brutal toujours! Mais comment Vous dire? Prétentieux, puéril, protecteur...

Je reconnaissais bien dans ce portrait mon déplorable filleul! Que n'avais-je eu, malgré mon âge encore tendre, la bonne idée de l'étrangler, le jour où ses parents m'avaient demandé de le tenir sur les fonts baptismaux!

--Ils restèrent ainsi, à côté de moi près d'une demi-heure; puis, au moment de s'en aller, ce monsieur fit observer au garçon qu'il lui avait donné une pièce douteuse. "Rappelle-toi toujours ceci, dit-il à sa femme, en se tournant vers elle, ici-bas, chacun ne pense qu'à nous tromper. La sagesse est de se méfier de tout le monde!"

Hélas! la sagesse de Françoise eût consisté surtout à se méfier de lui! Mais que pouvait-elle faire contre le destin?

Je quittai M. Delavigne en proie à une grande mélancolie. Derrière la vitrine de sa boutique, une tête de cire continuait a sourire, du même sourire coquet, morne et froidement aguicheur, et je fis la réflexion, je m'en souviens bien, que la tête de cire de mon coiffeur eût certainement constitué l'épouse la meilleure et la plus raisonnable qu'eût pu souhaiter Victor Agniel!

CHAPITRE XXIV.
Où le retour est plus mélancolique que l'adieu.

"La marquise, au comte qui lui donne la main. -C'est inconcevable que le temps ait changé comme cela d'un moment à l'autre!
Le comte. -Mais, madame, c'est une chose toute simple, et qui arrive tous les jours."
Carmontelle.

Du temps passa. Des semaines d'abord, puis des mois me séparèrent de ce morceau de ma vie où j'avais connu Valère Bouldouyr et ses amis. Je pensais souvent à eux et à Françoise, mais le souvenir que j'en gardais devenait chaque jour plus vague, plus indistinct. Il me semblait avoir rêvé cet épisode plutôt que l'avoir vécu. Parfois, le soir, au coin de mon feu, au retour d'une expédition sur les quais ou chez un lointain bouquiniste, - plus ou moins fructueuse! - j'essayais de me représenter les traits de mon vieil ami ou de sa nièce. Déjà, leur image me fuyait: je croyais toujours que j'allais saisir leur physionomie dans sa réalité, dans son relief, mais ce n'était jamais qu'une image à demi perdue, comme un daguerréotype, et qui fondait, pour ainsi dire, devant mon regard.

Le printemps ramena la vie et la gaîté sous les charmilles du Palais-Royal que l'hiver avait rendues âpres et nues. Je vis de nouveau le paulownia, tout contracté, ouvrir dans un bois charbonneux ses étoiles d'un violet pâle; de riches couleurs coururent sur les parterres, les cris des enfants montèrent jusqu'à ma fenêtre; puis l'été combla de son haleine de fournaise le tranquille et noir quadrilatère aux pilastres réguliers.

Et je saluai l'anniversaire de la disparition de Françoise, puis de mon départ pour Nantes.

Un soir d'août, je lisais un de ces livres métaphoriques, obscurs et musicaux, qui me rappelaient le jeunesse de Valère Bouldouyr, quand la sonnette de mon appartement tinta. Peu après, on introduisit un grand jeune homme blond. Je me levai, et soudain je dressai les bras en signe de surprise: c'était Lucien Béchard.

Il avait beaucoup changé; il me sembla plus viril et plus triste. Ses favoris étaient rasés, ses cheveux courts; une moustache en brosse se hérissait au-dessus de ses lèvres. Hâlé, les épaules élargies, la voix sonore, il me rappelait à peine le voyageur de commerce romantique, qui m'avait quitté, voici plus d'un an!

Tant de souvenirs douloureux entraient avec lui dans la pièce que je ne savais que lui dire et qu'il se taisait pareillement. Enfin il vint s'asseoir dans un fauteuil bas, de l'autre côté de mon bureau.

--Je suis arrivé, il y a cinq jours, fit-il, sans hausser la voix. Ma première visite est pour vous. Je suis si ému de vous voire, Pierre! Il me semble que tout n'est pas fini...

Il ajouta:

--Vous vous en souvenez, mon voyage ne devait être que de six mois. Mais j'ai demandé à le prolonger. Je savais que je n'avais plus rien à faire ici. Je reviens avec la situation brillante que l'on m'avait offerte et que le succès de mon voyage a justifiée. A quoi bon, maintenant? Elle ne peut plus me servir à rien! Étiez-vous là quand Valère est mort?

Je lui racontai ce que vous savez déjà, mon absence de Paris, mon retour, ma surprise.

--Et _elle,_ savez-vous pourquoi elle m'a quitté sans un mot, sans un adieu, pour épouser ce M. Agniel?

Je lui dis ce que j'avais appris, ce que je soupçonnais. Béchard, machinalement, mettait en équilibre de menus bibelots sur une pile de brochures. Soudain, l'une d'elles bascula, et l'édifice entier roula sur le sol.

--Personne ne saura ce que j'ai souffert là-bas! Moi-même, je ne me doutais pas que je l'aimais à ce point. Un soir, à Sao-Polo, j'ai pris mon revolver et je l'ai armé... Ce qui m'a sauvé, je crois, c'est le désir de savoir la vérité. Il n'est pas possible qu'elle m'ait menti, qu'elle ait joué la comédie. Alors?

Il leva la tête, sa belle tête brunie et mélancolique.

--Il faut que vous me rendiez un service, dit-il. Nous irons la voir ensemble.

--Mais personne au monde ne sait où elle est!

--Allons donc! On ne disparaît pas comme cela. Ne vous occupez de rien, je ferai les recherches nécessaires. Je ne vous demande que de m'accompagner le jour où je connaîtrai le lieu où elle se cache. Comme vous êtes l'ami de son mari, vous pourrez tout de même entrer chez elle, et vous lui demanderez une entrevue en mon nom. Je veux la revoir encore une fois, une dernière fois...

Je le lui promis. Il répétait:

--Je veux savoir, savoir... Je ne peux pas croire qu'elle m'ait trahi. Il y a quelque chose que je ne comprends pas.

J'admirai cette sorte de foi en Françoise, et je me demandai si j'aurais eu la force de la garder ainsi, dans le cas où cette mésaventure me fût advenue. Et cependant, au fond de moi-même, je conservais la même conviction; j'étais, il est vrai, plus désintéressé dans la question.

Il m'apprit, avant de me quitter, que c'était par son ami Jasmin-Brutelier qu'il avait été tenu au courant de tous ces événements.

--Il est heureux, lui, conclut-il. Il n'est pas seul au monde...

Pendant quinze jours, je fus sans nouvelles de Lucien Béchard. Il reparut au bout de ce laps de temps.

--Êtes-vous toujours décidé à m'accompagner? me dit-il en entrant.

--Plus que jamais!

--Eh bien! j'ai trouvé la piste de Françoise. Son mari a acheté une étude de notaire à Aubagne, qui est une toute petite ville, près de Marseille. Ils y vivent tous les deux. J'ai leur adresse. Quand partons-nous?

Le surlendemain, Lucien Béchard et moi nous prenions à la gare de Lyon le train de 8 heures 15.

CHAPITRE XXV.
Que contient la leçon de ce livre?

"Le souffle est la mort, le souffle est la fièvre, le souffle est
révéré des dieux; c'est par le souffle que celui qui dit la
parole de vérité se voit établi dans le monde suprême."
Atharva-Véda (Liv.XI).

A peine arrivés à Marseille, nous partîmes pour Aubagne.
Un tramway nous y conduisit, qui, pendant une heure, nous
fit rouler dans les flots de poussière, entre des arbres si
blancs qu'ils semblaient couverts de neige. Bientôt, nous
vîmes autour d'un double clocher se serrer plusieurs étages
de maisons décolorées, aux tons éteints, tassées les unes
contre les autres, avec la disposition des minuscules cités
italiennes, qui sont venues à l'appel de leur campanile.

Nous descendîmes au commencement d'un boulevard, que
signalait une fontaine et au milieu duquel un marché de
melons occupait plusieurs mètres carrés. L'ombre légère des
platanes allait et venait sur de bourgeoises façades, d'un bon
style provincial.

--Est-il possible qu'elle vive ici! murmura Lucien Béchard,
jetant un regard de mépris aux habitants qui vaquaient de-ci,
de-là, plus paysans que citadins, l'air indifférent et inoccupé.

Mais je ne partageais pas le dédain de mon compagnon de
route. Quelque chose me plaisait dans l'atmosphère de la

petite ville provençale, dans son aspect rustique (j'y voyais surtout des marchands d'objets aratoires), dans son silence et son désoeuvrement, dans son grand soleil blanchâtre qui s'engourdissait à demi, dans ses cours ombragés et poussiéreux.

--Cours Beaumond, m'avait dit Lucien.

Nous le trouvâmes sans peine: vaste esplanade, fermée sur trois côtés par des maisons de deux étages, aux volets demi-clos, et que la rue de la République longe en contre-bas. Quatre rangs de hauts platanes poudreux y formaient deux voûtes fraîches, et au milieu, un grand bassin d'eau presque putride, verte comme une feuille, portait un motif en rocaille, dont la fontaine était tarie.

Nous distinguâmes tout de suite l'habitation de Victor Agniel; c'était une façade en trompe-l'oeil, peinte à l'italienne, couleur de fraise écrasée, avec de faux pilastres et de fausses corniches café au lait.

J'y sonnai hardiment.

--Monsieur Agniel est en voyage, me dit une servante mal tenue. Il ne reviendra pas avant après-demain. Madame est sortie, mais elle rentrera pour déjeuner... Si Monsieur veut revenir cet après-midi.

Je laissai ma carte et rejoignis Béchard.

--Nous avons de la chance, lui dis-je, je crois que nous verrons Françoise toute à l'heure.

Mais il me jeta un coup d'oeil douloureux et ne me répondit pas. Nous flânâmes un moment encore sur le cours; trois ouvrières, sorties d'une usine toute proche, se moquèrent de nous; des mouchoirs de couleur, serrés autour de la tête, protégeaient leurs cheveux. La plus belle, les genoux croisés, laissait voir qu'elle avait les jambes nues, des jambes rondes, musculeuses et brunes. Un certain air d'animalité heureuse, de joie de vivre puissante, animait ces jeunes femmes, et toutes celles que nous rencontrâmes ensuite en déambulant par les rues.

Nous nous réfugiâmes pour déjeuner dans une salle de restaurant, profonde et froide. La personne qui nous servit, haute et singulièrement fine, mais d'une pâleur étrange, avait l'air du moulage en cire d'une vierge siennoise. Et comme intrigué, je lui demandais son origine, elle me répondit en rougissant qu'elle était de partout.

Cependant, Lucien Béchard se montrait de plus en plus nerveux. Il repoussait les plats, buvait à peine, regardait l'horloge avec désespoir.

--Nous ne pouvons tout de même pas nous présenter chez Mme Agniel avant deux heures, lui dis-je.

Il consentit à partager avec moi un peu de café et de vieille eau-de-vie. Au moment de partir, il étendit sa main maigre sur mon bras.

--Pierre, me dit-il, j'ai presque envie de n'y plus aller!

Je haussai les épaules et il me suivit. Le cours Beaumond était plus solitaire encore et plus silencieux que le matin. Au pied d'un arbre, une vieille femme y moulait son café.

--Vous verrez qu'elle ne nous recevra pas, fit Béchard.

Mais la domestique nous avertit que Madame allait descendre; puis elle nous fit entrer dans un grand salon obscur. Au bout d'un moment, nous finîmes par distinguer des meubles recouverts de housses, une garniture de cheminée ridicule et des tableaux invraisemblables dans d'énormes cadres dorés.

Et soudain la porte s'ouvrit, et Françoise parut:

--Mes amis! Dit-elle, tout simplement.

Elle nous tendait une main à chacun, et j'eus envie de pleurer en y posant mes lèvres.

--Vous, vous! répétait-elle. Que je suis heureuse de vous voir! Lucien, vous m'avez donc pardonné?

Nous ne savions que répondre à si simple accueil; nous étions, je pense, préparés aux colloques les plus pathétiques, mais pas à cette naïve spontanéité!

--On n'y voit pas beaucoup, fit-elle, en s'asseyant. Mais cela vaut mieux!

Je ne la distinguais pas très bien, mais elle me parut changée: j'eus l'impression d'une nymphe de marbre, soumise à l'incessante action de l'eau et qui en demeure comme voilée.

Et nous parlâmes du passé; elle m'interrogea longuement sur l'oncle Valère et sur ses derniers jours. Elle n'avait appris sa mort que longtemps après, par un mot de Marie Jasmin-Brutelier.

--J'ai craint d'abord que ma disparition n'ait contribué à sa mort. Mais c'est impossible, n'est-ce pas?

Nous n'osâmes pas la détromper. Et tout à coup, Lucien éclata:

--Oh! Françoise, Françoise, pourquoi m'avez-vous traité ainsi?

Elle parut stupéfaite et hésita un moment.

--Hélas! répondit-elle enfin, j'ai peur de ne pas savoir m'expliquer... Si vous m'aviez vue dans ma famille, vous comprendriez mieux. Je suis une pauvre petite bourgeoise, au fond, vous savez. Quand j'ai rencontré l'oncle Valère, il m'a fait croire de trop belles choses. Il m'a expliqué que j'étais sa fille spirituelle, que je serais sa revanche sur la vie. Il me rendait pareille à lui, romanesque, exaltée, n'aimant que ce qui est poétique et sublime. Et quand j'étais avec lui, il me semblait qu'il avait raison et que je ne serais heureuse qu'à condition de lui ressembler. C'était cette Françoise-là que vous rencontriez, Lucien... Et puis, je le quittais, et je rentrais chez moi, dans cet intérieur morne, pratique, terre à terre; alors il me fallait bien reconnaître que j'étais surtout une Chédigny. Je ne comprenais plus rien aux magnifiques illusions de l'oncle Valère; ces instants passés auprès de lui auprès de vous, me semblaient un rêve, un rêve que j'aurais voulu faire durer, mais dont je savais bien qu'il s'évanouirait un jour...

Elle se tut quelques secondes, puis continua:

--Il s'est évanoui! Un jour, je me suis trouvée seule, sans espoir de m'évader, odieusement traitée par une famille impitoyable et n'ayant d'issue que dans un mariage moins pénible encore que la vie que je menais. Comment aurais-je lutté, Lucien, et avec quels éléments de succès? Si vous aviez été en France, j'aurais pu m'échapper, vous rejoindre peut-être... Mais en Amérique du Sud! Vous attendre? Mais vous-même n'auriez plus su me découvrir, ni m'appeler! Et puis, la petite François était morte. Je savais que je vous aimais, que je vous aimerai toujours, mais avec la meilleure part de moi-même, et cette part-là n'avait plus le droit de vivre. Elle est toujours là quelque part, qui rêve, enfermée au coeur de ma conscience. Mais c'est comme si une morte vous aimait... Moi, je suis Mme Victor Agniel, et l'autre, là-bas, tout au fond, n'a plus de nom: c'est un fantôme.

--Au moins, dis-je, ému, n'êtes-vous pas malheureuse?

--Ni heureuse, ni malheureuse. J'ai une fille, j'ai un ménage à diriger, j'ai une maison à surveiller. Victor est gaspilleur et désordonné, il faut que je sois toujours présente pour avoir l'oeil à tout.

--Lui, m'écriais-je, l'homme si raisonnable!

--Raisonnable? fit-elle, en souriant. C'est un vrai enfant! Il n'a que des projets absurdes et des inventions excentriques. Il faut sans cesse que je le ramène au bon sens. Non, je ne suis pas malheureuse, ajouta-t-elle, avec énergie. Victor est bon, avec ses airs suffisants et solennels, et je suis assez libre. Nous passons de longs mois à la campagne, - c'est par hasard que vous me trouvez ici en ce moment, - j'ai beaucoup de bêtes et je les aime. Je ne suis pas malheureuse, mais il y a l'autre, là-dedans, qui se plaint toujours, elle ne pense qu'au passé...

Il y eut un long silence.

--Voyez-vous, dit Françoise, il ne faut jamais prendre l'escalier d'or. Les grands poètes l'ont en eux-mêmes, dans leur propre pensée, mais le rêve des grands poètes, on ne le réalise pas dans ce monde, en tournant le dos au réel. Je crois que l'oncle Valère se trompait sur le sens de la poésie... Je vous demande pardon de vous dire ces choses, ajouta-t-elle, confuse. Vous les comprenez mieux que moi.

Et se tournant vers Lucien:

--Il faut vous marier, Lucien. Donnez-moi la joie d'être heureuse de votre bonheur!

--Oui, oui, répondit-il.

Mais je vis qu'il avait hâte de prendre congé de Françoise.

--Vous reviendrez, dit-elle. Victor sera content de vous voir! Ce n'est pas un ogre, vous savez!

Nous le lui promîmes et nous la quittâmes.

Au moment de franchir le seuil, je me retournai. Comme la naïade semblait usée derrière le voile d'eau, qui l'avait séparée de nous et qui l'en isolait encore!

Le battant de la porte se referma doucement.
Nous fîmes quelques pas en silence. Lucien marchait sans rien voir.

--Excusez-moi de vous laisser un moment, me dit-il soudain. J'ai besoin de me sentir seul. Voulez-vous que nous nous retrouvions au restaurant, ce soir, à sept heures? Nous reprendrons le tramway ou le train, après le dîner.

Il s'en alla, au hasard, à travers les rues, et je le regardai longtemps qui marchait au hasard, abandonné à sa tristesse, à ses chimères défuntes.

Et je m'en fus aussi, dans une direction différente, n'ayant guère d'autre but que lui et songeant à mon tour au passé. Un boulevard ombragé me jeta dans un chemin rocailleux, escarpé. Je le suivis, entre des maisons jaunes, pavoisées de linges pendus, et des murs décrépits. Puis, au delà d'un jardin d'aloès et d'arbres de Judée, je vis s'ouvrir un gouffre d'azur, et quelques pas de plus me portèrent sur un vaste espace.

C'était une grande aire ensoleillée qui dominait la ville et ses alentours. Des brins de paille brillaient encore entres ses cailloux ronds. Deux chapelles de Pénitents s'y succédaient, toutes deux ruineuses, aveuglantes de blancheur, portant avec orgueil des façades Louis XIV, dans une sorte de désert où retentissait une école de clairons. A l'un des bouts du vaste espace, montait le clocher pointu de l'église, dont la cloche pendait comme un gros liseron de bronze. Plus haut que l'esplanade même, le cimetière multipliait ses édifices et ses croix.

173

Une paix magnifique, un grand conseil d'acceptation et de sagesse, tombait de ce lieu éblouissant et poussiéreux, comme retiré en dehors du siècle, entre la Nature et la Mort.

J'allai jusqu'à la pointe du promontoire.

Des deux côtés, des étages de terrasses grimpaient, avec un mouvement insensible, d'insaisissables ondulations de terrains, courant d'un élan unanime jusqu'au pied des hautes falaises, couleur de l'air, qui fermaient le pays. Des oliviers, des agglomérations d'arbres sombres, des saules à éclairs, des pyramides de cyprès, se suivaient, se mêlaient, laissant, de-ci, de-là, transparaître une muraille pâle, une maison comme élimée par le temps, une usine écrasée de soleil. Tout cela allait, comme une seule masse, mourir au bas d'un contrefort de la colline, rond et puissant comme la tête de l'humérus, et plus haut, le sommet de Garlaban émergeait à la façon d'une table.

En me retournant, je voyais, au premier plan, le vaisseau d'une des chapelles Louis XIV, au flanc duquel un clocher lézardé penchait la tête. Cette longue nef se continuait par un mur fait d'oranges et de roses sèches, semé de cailloux blancs, qui portait à son front des genêts desséchés et des pins bleuâtres et qui tombait à pic sur un gazon pelé.

Les moindres détails de ce paysage classique se gravaient dans mon esprit. Tout respirait ici l'amour de la terre, la fête silencieuse des saisons, les pensées sereines, qui s'exhalent de l'âme purifiée, quand elle a accepté de faire corps avec le réel.

En me retournant, j'aperçus, s'enfonçant sous les voûtes à demi effritées des vieilles maisons, une rude pente de pierre, qui, par un autre détour, menait aussi à ce plateau spacieux. Cela me remit en mémoire l'étrange escalier de Valère Bouldouyr et les paroles de Françoise. Je tournai de nouveau la tête vers Garlaban. Une buée bleuâtre flottait sur toute chose, voilant même le soleil brutal. Une poésie sacrée, un lyrisme religieux, s'élevaient du sol brûlant et dur, tout tramé de morts et de racines. Les arbres fumaient dans l'or de l'après-midi. Les champs tranquilles se soulevaient avec béatitude, et l'on entendait, malgré les cigales, des bruits de scierie monter des paisibles vallons.

Je compris alors que l'on n'atteint pas la sagesse en gravissant un escalier d'or et que la vérité importe seule au monde.

Paris, juin 1919 - Vitznau, juillet 1921.

175

CONTENTS

176

177

CPSIA information can be obtained
at www.ICGtesting.com
Printed in the USA
LVHW101053140223
739388LV00003B/96